# Amstardam

## Éamonn Ó Ruanaí

**G** An Gúm

Baile Átha Cliath

ISBN 978-1-85791-790-1

Baineann an saothar seo le scéim Dhearthóirí Áiseanna Teagaisc na Roinne Oideachais agus Eolaíochta atá ann chun áiseanna Gaeilge a sholáthar do na bunscoileanna Gaeltachta agus do na bunscoileanna lán-Ghaeilge.

Éamonn Ó Ruanaí a scríobh

Dearadh agus leagan amach: Susan Meaney

Clúdach: Peter Donnelly

Printset & Design Teo a chlóbhuail in Éirinn

*Le fáil tríd an bpost uathu seo:*

| | | |
|---|---|---|
| An Siopa Leabhar, | *nó* | An Ceathrú Póilí, |
| 6 Sráid Fhearchair, | | Cultúrlann Mac Adam-Ó Fiaich, |
| Baile Átha Cliath 2. | | 216 Bóthar na bhFál, |
| *ansiopaleabhar@eircom.net* | | Béal Feirste BT12 6AH. |
| | | *leabhair@an4poili.com* |

*Orduithe ó leabhardhíoltóirí chucu seo:*

| | | |
|---|---|---|
| Áis, | *nó* | International Education Services, |
| 31 Sráid na bhFíníní, | | Eastát Tionsclaíoch Weston, |
| Baile Átha Cliath 2. | | Léim an Bhradáin, |
| *eolas@forasnagaeilge.ie* | | Co. Chill Dara. |
| | | *info@iesltd.ie* |

**An Gúm, 24-27 Sráid Fhreidric Thuaidh, Baile Átha Cliath 1**

# 1

Thart ar naoi míle euro a bhí sa charn i lár an bhoird – idir nótaí bainc agus bhoinn bheaga phlaisteacha de gach saghas agus dath. Boinn bheaga phlaisteacha arbh fhiú suas le cúig chéad euro an ceann iad, ar ndóigh! Carn a mheall agus a chuir mearbhall ar an triúr a bhí ina suí ag stánadh air agus leathshúil acu an t-am ar fad ar na cártaí sleamhna smálaithe a bhí i ngreim docht daingean acu. Bhrúigh an fear beag maol cruachán de bhoinn ghlasa i dtreo an chairn.

'Ceithre mhíle,' ar seisean go ciúin calma.

Lig an fear gorm osna agus chaith sé uaidh a chuid cártaí ar an mbord.

'An iomarca domsa!' ar seisean go borb.

D'fhéach Conchúr go géar ar an bhfear beag maol agus ansin ar ais ar na cártaí a bhí ina lámh

allasúil féin. Trí rí agus péire dó! Na cártaí ab fhearr
a bhí faighte go fóill aige an oíche sin. Go deimhin,
na cártaí ab fhearr a bhí faighte aige le fada an
lá. Bhí deireadh tagtha lena thréimhse mhí-áidh
díreach ag an nóiméad ceart.

É ag imirt le beirt shaibhre a bhí ag buachan
ar feadh na hoíche. Anois agus an ghrian ag éirí
bhí tuirse ag teacht orthu agus iad ag éirí dána
dúshlánach. Bhí siad lánsásta gach pingin a bhí
buaite acu a chur i lár an bhoird mar chreid siad
nach raibh i gConchúr ach amadán óg gan ciall ar
bith. Ach anois bhí seisean ullamh. Bhí na cártaí
aige. Bhí an carn airgid chomh hard lena smig. Ach
bhí fadhb bheag amháin aige. Ní raibh oiread is
euro fágtha aige agus bheadh air ceithre mhíle euro
a chur ar an gcarn nó a chuid cártaí a chaitheamh
uaidh, cártaí arbh fhiú daichead míle euro iad ar a
laghad!

Is ansin a thug sé Fat Tony faoi deara. Thall ag
an mbeár a bhí Fat Tony, slua timpeall air, mar ba
ghnách – fir le súile fuara agus mná le gúnaí gearra
glinniúla. Fear tanaí tostach a bhí ann agus ní raibh

tuairim ag aon duine cén t-ainm ceart a bhí air. 'Fat Tony' a thugadh daoine air – ach amháin nuair a bhídís ag labhairt leis. 'A dhuine uasail' nó 'Mr Smith' a deiridís ansin. Aon uair a chuaigh leoraí toitíní amú, nó a thit mála airgid as veain, cinnte bhí Fat Tony taobh thiar de na daoine a bhí taobh thiar de. Bhí an-suim go deo aige sa rásaíocht, sa dornálaíocht agus sna cártaí freisin, ar ndóigh. Seans maith gur leis féin an casino, fiú más ainm eile a bhí os cionn an dorais.

Ní raibh aithne mhaith ag Conchúr ar Fat Tony cé gur labhair sé leis faoi dhó roimhe sin. An chéad uair, d'iarr sé iasacht míle euro air nuair a thit a chapall ag an gclaí deireanach sa Grand National – 'Grand National' a bhí ann ceart go leor, nár chaill sé 'grand' air gach uile bhliain! Labhair sé leis arís an tseachtain dár gcionn nuair a dúirt sé, 'Seo duit an míle cúig chéad euro atá le híoc agam duit, a dhuine uasail. Go raibh míle maith agat as an iasacht.'

Bhí sé amuigh ar Fat Tony nach raibh sé rómhaith ag na suimeanna riamh agus é ar scoil. Níor éirigh leis dul níos faide ná 'roinnt ar a dó' agus bhí córas breá simplí oibrithe amach aige dá réir. Roinneadh sé méid na hiasachta ar a dó gach seachtain agus chuireadh sé an méid sin leis an mbunsuim. Ceithre mhíle, sé mhíle, naoi míle … Dá rachadh an aisíoc thar choicís roinnfeadh sé do chosa ar a dó!

Ní raibh Conchúr ag iarraidh deis a thabhairt do Fat Tony a chuid 'táblaí a dó' a chleachtadh ach ní raibh an dara rogha aige. Gan an ceithre mhíle bheadh air a chártaí a chaitheamh uaidh agus slán a fhágáil leis an gcarn is mó airgid dá bhfaca sé riamh. Bhí an t-airgead sin díreach os a chomhair, ag glaoch air, á mhealladh lena ghlór siosarnach síodúil. Airgead a chuirfeadh deireadh leis na fiacha a bhí air agus leis an mbuairt a ghabh leo – ar feadh tamaill ar a laghad. Níorbh fhéidir leis an bord a fhágáil, áfach. Shlog sé braon dá dheoch, ghlaoigh sé ar ghiolla agus d'iarr air siúd 'Mr. Smith' a fháil dó. Chonaic sé an giolla ag cogarnach go humhal le Fat Tony, a cheann cromtha agus a shúile dírithe ar an urlár aige.

# 2

Stán Fat Tony go leisciúil ar Chonchúr sular leag sé a ghloine go cúramach ar an mbeár. Shiúil sé go mall ina threo ar nós rí, a chúirt ar a shála, agus i ngan fhios dó féin bhí Conchúr ina sheasamh, a cheann cromtha agus a shúile dírithe ar an urlár, sular tháinig Fat Tony fad leis an mbord.

'Mr. Smith, a dhuine uasail, tá an-aiféala orm cur isteach ort, go háirithe agus do chairde leat. Ach tá fadhb bheag agam.'

Bhí a bhéal chomh tirim leis an Sahára faoin am sin agus na focail á thachtadh. Chrom Fat Tony a cheann go maorga agus shín sé amach a lámh ar nós Don Corleone in *The Godfather*.

'Conas is féidir liom cabhrú leat? Is breá liom a bheith in ann gar beag a dhéanamh do chara liom,' ar seisean i gcogar garbh.

Thug na focail 'do chara liom' misneach éigin do Chonchúr agus mhínigh sé an scéal. Nuair a luaigh sé go raibh ceithre mhíle euro de dhíth air ní dhearna Fat Tony ach comhartha leisciúil a dhéanamh le duine dá chomrádaithe. Chuir sé siúd lámh ina phóca féin agus tharraing amach sparán ramhar leathair. Thosaigh sé ag comhaireamh. Nótaí cúig chéad euro a bhí sa sparán aige, rud nach raibh feicthe riamh cheana ina shaol ag Conchúr. Shín Fat Tony ocht nóta úra ghlana chorcra chuig Conchúr. Ghlac Conchúr leo go buíoch agus ghabh sé a mhíle buíochas le Fat Tony.

'Ná habair é,' arsa Fat Tony agus miongháire ar a bhéal cé nach raibh rian den gháire le feiceáil ina shúile. 'Feicfidh mé thú an tseachtain seo chugainn, gan dabht.'

'Ó, feicfidh. Feicfidh, gan dabht, gan dabht ar bith, Mr. Smith. Go raibh míle maith agat arís.'

Bhí ceann Chonchúir cromtha agus na focail ag teacht go tapa i nguth tanaí, nár aithin sé féin fiú. Chas Fat Tony gan focal eile a rá agus d'fhill sé ar a ghloine go mall réchúiseach. Bhraith Conchúr na cosa ag crith faoi agus thit sé siar arís ina chathaoir. Bhí a lámha ag cur allais agus rinne sé iarracht iad a thriomú ar a bhríste. D'ardaigh sé an carn beag nótaí arís agus d'fhéach sé orthu. Ba dheacair a chreidiúint gur ceithre mhíle euro a bhí ina lámh aige. Stán sé ar na nótaí. Casacht bheag ón bhfear beag maol a mhúscail é. Shín sé an t-airgead i dtreo lár an bhoird.

'Ceithre mhíle,' ar seisean. 'Anois, céard atá agat?'

Chas an fear beag maol a chártaí ceann ar cheann go mall drámata. Deich ... Deich ... Deich ... Mhothaigh Conchúr teannas ina bholg agus a chroí ag bualadh ar nós casúir ina ucht ... Cúig! Lig Conchúr osna agus mhothaigh sé an faoiseamh ag leathadh trína chorp. Trí dheich – 'House', 'Teach' – b'in uile a bhí ag an bhfear beag maol. Bhí Conchúr slán. Bhí sé saibhir! Casadh an cárta deireanach. Deich. Stad an domhan agus gach rud ann go hiomlán. Ceithre dheich le chéile – 'Four of a Kind', 'Ceathair'! Níor chuala sé dada. Níor mhothaigh sé dada. Ní fhaca sé dada ach an deich dearg dochreidte damanta sin. Thit a chártaí féin as a lámh agus chonaic sé an sásamh i súile an fhir bhig mhaoil. Bhraith sé gur faoin uisce a bhí sé, gach fuaim agus gach radharc lúbtha, casta, cam. Chonaic sé lámha an fhir bhig mhaoil ag síneadh i dtreo lár an bhoird agus ag bailiú an chairn airgid chuige féin. Chonaic sé aoibh an gháire ar a bhéal. Mhothaigh sé súile fuara géara Fat Tony ag stánadh air agus bhain siad crith as.

D'éirigh leis seasamh, ar éigean. Shín sé lámh i dtreo an fhir bhig mhaoil.

'Comhghairdeas,' arsa Conchúr go borb agus chroith siad lámh le chéile.

Chas Conchúr agus shiúil sé i dtreo an dorais ar bhealach chomh neamhchúiseach agus ab fhéidir leis. D'ardaigh Fat Tony a lámh agus Conchúr leath slí amach an doras.

'Go dtí an tseachtain seo chugainn, a Chonchúir,' ar seisean i nguth séimh íseal.

'Go dtí an tseachtain seo chugainn,' arsa Conchúr go faiteach.

# 3

Chas Conchúr sa leaba den mhíliú huair agus bhuail sé an piliúr lena dhorn. Ní raibh néal codlata faighte aige go fóill an oíche sin. Bhí sé tar éis a bheith ag casadh ó thaobh go taobh sa leaba ó chuaigh sé a luí agus ní raibh a fhios aige cé mhéad uair a thug sé cuairt ar an leithreas. Chaith sé an oíche roimhe sin ag ól deochanna uisce, agus deochanna níos láidre babhtaí, ag féachaint ar an teilifís agus ag iarraidh léamh. Léadh sé leathanach amháin as leabhar arís agus arís eile agus gan cuimhneamh aige ar fhocal ar bith ar an leathanach. Bhí fáinní móra dubha timpeall a dhá shúil agus bhraith sé go raibh a aghaidh ag éirí níos faide agus níos tanaí in aghaidh an lae. Bhí pianta ina chnámha agus ina chuid matán, agus bhraith sé go raibh a bhlaosc lán olla agus go raibh pian istigh ina lár áit éigin a bhí ag preabadh mar a bheadh banna ceoil ann.

Bhí sé tar éis gach duine dá chairde a thriail ach ní raibh aon duine acu ábalta, ná sásta, iasacht a thabhairt dó – go háirithe nuair a chuala siad an méid a bhí i gceist.

'Sé mhíle euro! Níl tú i ndáiríre!'

'Ní fhaca mise an méid sin airgid riamh!'

'Cá bhfaighinnse a leithéid, a Chonchúir? Ní fhéadfainn caoga euro féin a thabhairt duit, fiú dá gceapfainn go bhfeicfinn riamh arís é!'

Oíche Dé Domhnaigh, an oíche roimhe sin, chuaigh sé go dtí teach a dheirféar agus é beagáinín ar meisce, agus bhí macalla a cuid gáire siúd ina chluasa ó shin.

'Sé mhíle euro! Cinnte, a dheartháirín, cuirfidh mé glaoch ar mo bhanc san Eilvéis láithreach. Conas ar mhaith leat é? Dollar? Steirling? Yen? An bhfuil cuma na hóinsí ormsa, a Chonchúir? Cá bhfuil an cúig chéad euro a thug mé duit anuraidh? "Iasacht seachtaine" a dúirt tú an t-am sin. B'fhéidir go mba cheart domsa glaoch ar Fat Tony chun é a fháil ar ais dom – má bhíonn cnámh ar bith fágtha le briseadh ionat nuair a bheidh an coirpeach sin críochnaithe leat! Imigh leat! Tiocfaidh mé ar cuairt chugat san ospidéal mura bhfuilim an-ghnóthach!'

Thuig sé ansin nach raibh aon dul as – bheadh air an gluaisteán a dhíol. B'in an t-aon ní luachmhar a bhí aige. Ach ba í an gluaisteán céanna grá agus gean a chroí. Cheannaigh sé an BMW nuair a fuair a athair bás agus nuair a d'fhág sé céad míle euro le huacht aige féin agus ag a dheirfiúr, chun teach an duine a cheannach dóibh féin. Ba bheag suim a bhí ag Conchúr i dtithe, áfach, agus nuair a fuair sé an t-airgead in oifig an dlíodóra chuaigh sé caol díreach go dtí garáiste BMW agus thiomáin sé abhaile i salún snasta dubh. Suíocháin leathair dhearga a bhí sa charr agus an t-inneall ag crónán ar nós coirceog bheach.

Ghlanadh sé an gluaisteán laistigh agus lasmuigh gach tráthnóna Domhnaigh – níodh sé gach milliméadar taobh amuigh agus chuireadh sé snas ar na suíocháin leathair agus ar an miotal glan cuar. Is annamh a thiomáin sé an gluaisteán, áfach, ar fhaitíos go ngoidfí í nó go millfí í. B'fhearr leis bus nó tram a fháil agus a bheith ag brionglóideach faoina ghluaisteán, a bhí slán sábháilte sa gharáiste sa bhaile.

Ach ní raibh an dara suí sa bhuaile aige. Bhí an Aoine ag teacht agus bheadh Fat Tony ag éirí mífhoighneach. Ní bheadh seisean sásta éisteacht le leithscéal ar bith. Bhí sé ráite faoi go ndeachaigh sé go dtí an t-ospidéal tráth ar lorg duine nár íoc a chuid fiacha leis nuair a bhain timpiste bhóthair dó. Tháinig sé ar an bhfear bocht ina luí ar leaba, gan aithne gan urlabhra, agus ghearr sé bun na gcluas de le rasúr. D'fhág sé bláthanna agus fíonchaora ar an mbord in aice na leapa dó ansin! 'An tIndiach' a baisteadh go magúil ar an bhfear bocht ina dhiaidh toisc go raibh cluasa níos lú air agus é ar nós eilifint na hIndia. Bí ag caint ar ghreann!

Chuimhnigh Conchúr ar an scéal sin arís agus chuir sé a lámh lena chluas gan smaoineamh. Baineadh siar as. Rug sé ar pheann agus ar pháipéar agus thosaigh sé ag dréachtú fógra nuachtáin ar an bpointe.

*BMW M6. Dubh. Suíocháin leathair dhearga. 10,000 km. Gach ní ceart agus cóir. €30,000 nó an tairiscint is gaire. Cuir glaoch ar …*

B'fhiú i bhfad níos mó ná tríocha míle an BMW ach thuig sé go ndíolfadh sé gan stró í ar an bpraghas íseal sin. Ní raibh an t-am aige fanacht ar an bpraghas ceart. B'fhearr an tsláinte ná na táinte – níor thuig sé an seanfhocal sin i gceart go dtí seo, ach thuig sé anois é. Ba dhorcha an saol é faoi scáth Fat Tony!

Thosaigh an guthán ag bualadh a luaithe a shroich na nuachtáin na siopaí – míle ceist ag gach duine a ghlaoigh.

Cén sórt rothaí a bhí fúithi?

An raibh seinnteoir CDanna inti?

Cén dath a bhí ar na cairpéid?

Cé chomh fada ó rinneadh seirbhís uirthi?

Cuid de na daoine a chuir glaoch air, bhí gluaisteán le díol acu féin agus ní raibh uathu ach tuairim a fháil faoin bpraghas ar cheart dóibh a chur ar a gcuid gluaisteán féin. Cuid eile, ba léir orthu gur chaith siad lá agus oíche ag caint agus ag smaoineamh faoi ghluaisteáin agus go mbeidís lánsásta labhairt le duine ar bith fúthu ach an duine sin a bheith sásta éisteacht leo.

Rinne Conchúr iad a scagadh ceann ar cheann. Ní raibh fágtha sa deireadh ach duine amháin a léirigh fíorspéis sa ghluaisteán. 'Stanley' a thug sé air féin ar an nguthán. Ní raibh Conchúr cinnte cé acu ainm baiste nó sloinne a bhí i gceist ach ba chuma leis. Shocraigh sé bualadh le Stanley an oíche dár gcionn ar a hocht a chlog taobh amuigh d'ollmhargadh a bhí píosa amach ó lár na cathrach.

# 4

Thiomáin Conchúr isteach sa charrchlós ar a hocht a chlog tráthnóna. Bhí an t-ollmhargadh dúnta agus ní raibh duine ná deoraí le feiceáil sa chomharsanacht. D'fhan sé ina shuí sa ghluaisteán ar feadh deich nóiméad agus é ag éirí níos míchompordaí agus níos neirbhísí le gach soicind. Gheit sé le gach gluaisteán a d'imigh thart. Bhí sé ar tí imeacht nuair a chonaic sé fear ard tanaí ag druidim leis. Shiúil an fear go mall réidh, gan deifir ar bith air. Bhí solas na sráide taobh thiar de agus ba dheacair a aghaidh a fheiceáil. Nuair a shroich sé an BMW d'oscail sé an doras agus shín sé lámh fhada chnámhach isteach.

'*Dr. Livingstone, I presume,*' ar seisean agus iarracht den ardnós ina ghuth.

'Stanley, an ea?' arsa Conchúr agus miongháire ar a bhéal. 'Is fada ón dufair anois sinn, a chara!'

'Is fada agus ní fada,' arsa Stanley go searbhasach agus é ag féachaint ar na foirgnimh leamha liatha mórthimpeall orthu. 'Nach dufair choincréite a thugtar ar a leithéidí seo? Agus seans gur iomaí leon agus nathair nimhe atá i bhfolach san fhéar fada mórthimpeall orainn.'

'B'fhéidir go bhfuil an ceart agat,' arsa Conchúr. 'Ach b'fhearr dúinn bogadh ar aghaidh. Ar mhaith leat triail a bhaint as an ngluaisteán ar dtús agus is féidir linn cúrsaí airgid a phlé ina dhiaidh, má tá spéis agat inti?'

Shuigh Stanley isteach i suíochán an tiománaí agus Conchúr i suíochán an phaisinéara. Nuair a bhí a chrios sábhála ar Chonchúr shín sé an eochair chuig Stanley.

Mhúscail Stanley an t-inneall gan stró. Bhrúigh sé ar an luasaire agus bhúir an gluaisteán ar nós leoin a bhí ag cur in iúl do chách gurbh é féin rí na dufaire. Scaoil sé na coscáin agus léim an gluaisteán chun cinn, na boinn ag screadach ar an tarmac agus an t-inneall ag búiríl go fíochmhar. Mhothaigh Conchúr a chorp á bhrú siar sa suíochán le luas an ghluaisteáin agus rug sé greim daingean ar hanla an dorais i ngan fhios dó féin. Ba léir gur thiománaí oilte an fear eile. Bhí sé ar a sháimhín só agus níorbh fhada go raibh sé ag casadh agus ag lúbadh tríd an trácht. Ar aghaidh leis go dtí an mótarbhealach agus is ansin a chuir sé bróg le hiarann. Nuair a shroich sé luas 180 ciliméadar san uair dhún Conchúr a shúile go docht agus d'éist sé le callán an innill.

Bhí áthas air nuair a d'fhág siad an mótarbhealach agus nuair a mhoilligh an tiománaí go dtí luas ní ba réidhe. Bhí siad beagnach ar ais sa charrchlós arís nuair a chuir Stanley cluas le héisteacht air féin.

'An gcloiseann tú torann éigin?' ar seisean.

D'éist Conchúr go géar ach níor thug sé rud ar bith neamhghnách faoi deara.

'Bonn bog, déarfainn,' arsa Stanley go crosta. 'Beidh orainn aer a chur ann go luath nó millfear é.'

Bhí stáisiún peitril os a gcomhair agus chas siad isteach sa chlós ansin. Thiar ar a chúl a bhí an t-aer agus an t-uisce. Thiomáin siad isteach ann. Stad an gluaisteán agus d'oscail Stanley a dhoras siúd. Ní raibh sé imithe ach leathnóiméad nuair a d'oscail doras cúil an ghluaisteáin. Chas Conchúr go fiosrach. Léim a chroí le heagla. Bhí bairille gunna dírithe air. Ní raibh le feiceáil taobh thiar den ghunna ach balacláva dubh agus péire spéaclaí gréine. Níor labhair an duine sa bhalacláva. Níor ghá dó – bhí Conchúr ina staic gan gíog ná míog as. D'oscail doras an tiománaí arís ansin agus shuigh Stanley isteach go breá réchúiseach.

'Á! Mo chairde, Smith agus Wesson. Ná bí buartha, a Chonchúir, is beirt shíochánta iad mura gcuirtear fearg orthu. Ní chuirfeása fearg orthu anois, a Chonchúir, an gcuirfeá?'

Chroith Conchúr a cheann gan focal as.

'Maith an fear. Is deas liom duine ciúin tuisceanach. Fan thusa ciúin cabhrach agus fanfaidh Smith agus Wesson ciúin cabhrach chomh maith! Ná bí buartha. Níl uainn ach an gluaisteán. Ach d'fhágamar ár gcuid airgid sa bhaile arís, mo léan. Táimid ag éirí an-dearmadach go deo!'

Thosaigh an bheirt ag gáire ansin, gáire fuar folamh a bhain crith as Conchúr. Bhraith sé gur as áit i bhfad i gcéin a bhí an chaint uile ag teacht agus

gur duine éigin eile a bhí ina shuí sa ghluaisteán –
gur scannán a bhí ann.

Thosaigh Stanley an gluaisteán arís. Síos an
bóthar leis ar luas lasrach agus fear an bhalacláva sa
chúl i rith an ama. Thiomáin sé isteach i sean-eastát
tionsclaíochta a raibh cuma thréigthe air agus stop
sé taobh thiar de mhonarcha bróg a bhí dúnta le
fada an lá.

'Tá cuma thuirseach ort,' arsa fear an bhalacláva.
'Cloisim gur féidir leaba agus lóistín a fháil anseo ar
phraghas an-réasúnta ar fad.'

Bhagair sé an gunna ar Chonchúr agus d'oscail
sé doras an ghluaisteáin.

'Go réidh anois, a bhuachaill,' ar seisean go
garbh. 'Bheadh turas fada romhat chuig an ospidéal.
Turas an-fhada ar leathchois!'

Bhí Stanley ag fanacht air lasmuigh den
ghluaisteán agus bhrúigh sé i dtreo dhoras na
monarchan é. Ní raibh an dara rogha ag Conchúr.
Shiúil sé rompu go mall isteach sa mhonarcha
dhorcha. Isteach leo i seomra beag i gcúl an
fhoirgnimh. Sean-oifig a bhí ann de réir cosúlachta.

Rinne fear an bhalacláva gáire gránna.

'Oíche mhaith, a bhuachaill! Codladh sámh!' ar seisean go nimhneach.

Chuala Conchúr an gunna ag siosarnach tríd an aer agus nuair a bhuail sé cúl a chinn las an seomra le splanc thintrí.

# 5

An phian a dhúisigh é. Pian ghéar ghreadánach ag preabadh ina cheann mar a bheadh buíon saighdiúirí ag mairseáil suas síos ann. Clé! Deas! Clé! Deas! Clé! Deas! D'airigh Conchúr a bhlaosc ag at go dtí gur chreid sé go scoiltfeadh a chloigeann. Chuir sé lámh le cúl a chinn agus tháinig sé ar chnapán mór millteach. Nuair a bhain sé a lámh den chnapán bhí fuil uirthi.

Bhí an ghealach ag soilsiú go taibhsiúil tríd an bhfuinneog shalach. Luigh solas na gealaí ar bhalla tais a bhí breac le scríbhneoireacht ildaite, cuid di ealaíonta go leor, cuid di gránna maslach. Bhí seanlíonta damhán alla crochta as gach cúinne den tsíleáil agus cuileoga marbha iontu nár eitil le fada an lá.

D'ardaigh sé a cheann beagáinín chun

sracfhéachaint a thabhairt timpeall an tseomra. Bhí na mílte tinte ealaíne ildaite ag pléascadh taobh thiar dá shúile, amhail is gur Oíche Shamhna a bhí ann. Chrom sé a cheann arís gan mhoill. Ach ba léir dó nach raibh aon ní sa seomra ach seanchathaoir bhriste agus cos amháin ar iarraidh.

Leis sin chuala sé scríobadh ag bun an bhalla. Gheit sé ina sheasamh ar an toirt. Ba chuma leis faoin bpian a bhí ag réabadh trína bhlaosc agus an samhnas a mhothaigh sé ina bholg – bhí air éirí. Ní fhéadfadh sé luí ar an talamh agus francach in aon seomra leis. B'fhuath leis francaigh ón lá a bhí sé ag súgradh ar an bhféar tirim sa scioból ar fheirm a dhaideo. D'fhéach sé síos uair agus chonaic sé eireaball fada tanaí ag gobadh aníos as a bhuatais. Chuala gach duine ar an bhfeirm é ag screadach in ard a chinn. Níor stop sé den screadach go dtí gur shroich a dhaideo é agus gur bhain sé siúd an bhuatais de agus gur chaith sé uaidh é. Lean sé air ag caoineadh ar feadh uair an chloig, é ina shuí ar ghlúin a mhamó agus é ag gol gan stad go dtí gur thit sé ina chodladh.

Lasc láidir dá chos agus chonaic sé saighead dubh ag scinneadh trasna an urláir agus amach faoin doras dúnta. Lasc sé arís ach ní raibh toradh ar bith air seachas macalla bodhar sa seomra folamh. Bhí mearbhall ina cheann agus luigh sé i gcoinne an bhalla ar eagla go dtitfeadh sé. Ba dheacair smaoineamh leis na tonnta pianmhara a bhí ag briseadh ina cheann.

Dhruid sé i dtreo an dorais agus tharraing sé ar an hanla meirgeach ach níor bhog sé. Chuir sé cos leis an mballa agus tharraing sé arís ar a dhícheall. Mhothaigh sé an doras ag teacht chuige ach leis sin bhris an hanla ina lámh agus thit sé ar shlat a dhroma siar ar an urlár salach arís. Bhain cúl a chinn ding as an urlár agus las na tinte ealaíne ina chloigeann arís. Luigh sé ansin ar feadh i bhfad, é idir aithne is anaithne, go dtí gur mhaolaigh an phian agus gurbh fhéidir leis éirí arís.

D'fhéach sé timpeall an tseomra agus thug sé cos na cathaoireach faoi deara. Rug sé uirthi agus thug sé aghaidh ar an doras an athuair. Bhí hanla an dorais briste anois agus ba dheacair greim ceart a fháil ar an doras ach bhí scoilt bheag idir an doras agus an fráma. D'éirigh leis a mhéar a oibriú isteach inti. Tharraing sé go láidir cé go raibh faobhar an dorais sách géar. Tharraing sé agus tharraing sé agus, nuair a bhog an doras beagán, sháigh sé cos na cathaoireach sa bhearna.

Chuir sé cos leis an mballa arís agus tharraing sé go tréan ar chos na cathaoireach. Diaidh ar ndiaidh lúb an doras agus go tobann phléasc sé ar oscailt. Thit Conchúr ar an urlár arís ach bhí sé réidh an tráth seo agus thuirling sé ar a thóin i measc na smidiríní adhmaid. D'éirigh sé ina sheasamh go mall agus shiúil sé go dtí an doras. Sháigh sé a cheann amach agus d'fhéach sé ar dheis agus ar chlé go cúramach. Ní raibh duine ná deoraí le feiceáil lasmuigh.

Nuair a shroich sé an baile d'fhéach sé sa scáthán ach ba chuma conas a chas sé nó a lúb sé níorbh fhéidir leis cúl a chinn a fheiceáil. Fuair sé scáthán láimhe agus sheas sé agus a dhroim leis an scáthán mór. D'fhéach sé sa scáthán láimhe agus bhí sé in ann paiste dearg a fheiceáil i measc a chuid gruaige. Leag sé méar air go cúramach agus bhog sé an ghruaig í leataobh. Bhí scoilt dhomhain faoina fholt, í chomh fada lena lúidín agus clúdaithe le fuil thirim chrua. Bhí an tinneas cinn air i gcónaí agus tháinig samhnas air aon uair a d'ardaigh sé a cheann. Luigh sé ar an leaba agus d'fhéach sé ar an tsíleáil go dtí gur thit a chodladh air.

Dhúisigh sé i lár an lae agus bhí pianta i ngach ball dá chorp. Bhí piollairí sa tarraiceán in aice na leapa agus shlog sé péire acu – ní fhéadfadh sé tabhairt faoin turas go dtí an chistin le gloine uisce a fháil. Tar éis tamaill mhothaigh sé láidir go leor leis an bhfón póca a tharraingt chuige.

Ghlaoigh sé ar na Gardaí, á rá gur goideadh a ghluaisteán i rith na hoíche. D'inis sé don Gharda óg a d'fhreagair an guthán gur fhág sé an gluaisteán lasmuigh dá theach nuair a tháinig sé ar ais abhaile an oíche roimhe agus nach raibh sí ann ar maidin nuair a dhúisigh sé. Bhí míle ceist ag an ngarda.

An raibh sé cinnte nár pháirceáil sé an gluaisteán áit éigin eile? Ar chuir sé an gluaisteán faoi ghlas agus é á páirceáil? An bhfaca sé duine ar bith agus é ag páirceáil? An bhféadfadh sé cur síos a dhéanamh ar an ngluaisteán?

Faoi dheireadh dúirt an Garda leis go mbeadh air dul go dtí an stáisiún agus foirm a líonadh, agus gur chóir dó glaoch ar a chomhlacht árachais a luaithe ab fhéidir. D'fhiafraigh Conchúr den Gharda an raibh seans ar bith ann go bhfaigheadh sé a ghluaisteán ar ais. Dúirt an Garda go raibh seans ann, cinnte. Chuala Conchúr an t-éadóchas ina ghuth, áfach.

Ghlaoigh sé ar an gcomhlacht árachais agus bhí air na ceisteanna céanna a fhreagairt an athuair. Nuair a chríochnaigh an cailín a ceistiúchán d'fhiafraigh Conchúr di cathain a gheobhadh sé cúiteamh ar an ngluaisteán. Mhínigh an cailín dó nach ndéanfaí an íocaíocht go dtí go mbeidís cinnte nach dtiocfadh na Gardaí ar an ngluaisteán.

'Má thagann siad ar an ngluaisteán agus í scriosta, gheobhaidh tú seic roimh dheireadh na seachtaine. Ach más rud é nach dtagann na Gardaí uirthi, beidh mí ann ar a laghad sular féidir linn tú a íoc,' ar sise i nguth dea-bhéasach neamhphearsanta.

Ba bheag nár thit an fón póca as lámh Chonchúir. Mí! Ní fhéadfadh sé fanacht mí! Bheadh sé marbh faoin am sin! Isteach leis sa seomra leapa agus d'oscail sé tarraiceán na stocaí áit a raibh eochair spártha an BMW i bhfolach aige. Nuair a d'aimsigh sé í cheangail sé le heochracha an tí í agus amach leis ar thóir tacsaí.

Chuardaigh sé ar feadh na hoíche i gcúinní dorcha agus i gcúlsráideanna cúnga na cathrach. Chuardaigh sé in eastáit tionsclaíochta agus i bpáirceanna na gcapall tanaí. Chuardaigh sé gur gheal an lá agus gur mhúch na soilse oráiste os a chionn, ach saothar in aisce a bhí ann – tháinig sé ar go leor creatlach dóite ach ní raibh tásc ná tuairisc ar a charr féin. D'fhill sé abhaile go malltriallach.

Dhún Conchúr doras a sheomra codlata de phlab agus thit sé ar an leaba. Scaip an díomá agus an tuirse trína chorp agus shleamhnaigh sé faoi na braillíní – dhéanfadh dreas codlata a leas.

# 7

Bhí an phian ag maolú nuair a dhúisigh Conchúr arís. Bhí an seomra ag éirí dorcha, solas lag oráiste le feiceáil ón tsráid agus trácht trom tuirseach na hoíche le cloisteáil taobh amuigh. Luigh sé ansin ag smaoineamh. Nár mhéanar dóibh siúd nach raibh dada ag cur orthu seachas cad a bheadh acu don dinnéar nó cá gcaithfidís an oíche ag ól agus ag rince. Bhí sé in éad leo!

D'éirigh sé go mall, é ag iarraidh a mhuineál a choimeád díreach agus a cheann a choimeád suas. Chuardaigh sé i gcófra an tseomra folctha agus tháinig sé ar roinnt piollairí dá thinneas cinn. Shlog sé siar dhá phiollaire, le gloine uisce, agus chuir sé an citeal sa tsiúl ansin chun pota caife a ullmhú. Shuigh sé sa chathaoir uilleach go dtí gur chuala sé an citeal ag feadaíl. D'éirigh sé go cúramach, chaith sé trí spúnóg mhóra caife Iáva sa phota agus leathlíon sé é le huisce fiuchta. Bhuail an boladh draíochta a shrón agus shúigh sé isteach é. Líon sé muga agus shuigh sé, an muga faoina shrón agus an ghal á hanálú aige lena intinn a shuaimhniú, go dtí go raibh an caife sách fionnuar le hól.

Bhí an chéad chupán ólta aige sular thug sé faoin bhfadhb. Is iomaí réiteach a rith leis. An imirce, b'fhéidir. Imeacht thar lear chuig tír bhreá the a mbeadh trá agus farraigí gorma inti agus cosc ar phócar. Níor dhuine cróga é. Thuig sé an méid sin. B'fhearr 'rith maith ná drochsheasamh', b'fhéidir (seans gur drochshuí a bheadh i ndán dó, drochshuí i gcathaoir rothaí, dá mbéarfadh Fat Tony agus a chairde air). Ach is ar éigean a bhí praghas eitilte aige fiú, gan trácht ar chostas lóistín agus bia thar lear.

Líon sé amach cupán eile caife agus d'oscail sé barra seacláide. Céard faoi Fat Tony a mharú? D'fhéadfadh sé fanacht air lasmuigh den chasino agus nuair a thiocfadh sé amach an doras a chos a bhrú go hurlár, agus chaithfeadh an BMW go hard san aer é. Ach, ar nós saighead trína chroí, tháinig sé chuige nach raibh an BMW ina sheilbh a thuilleadh agus, fiú dá mbeadh, gurbh ar éigean a chuirfeadh sé i mbaol é. Agus d'fhágfadh sé ding mhór sa bhoinéad, ar aon nós, smaoineamh a chuir meangadh ar a bhéal ar feadh nóiméid.

An chéad rud eile chuala sé clog an dorais ag baint. Cé a bheadh ann chomh deireanach sin san oíche?

# 8

Nuair a d'oscail sé an doras ní raibh le feiceáil ach guaillí móra leathana a líon fráma an dorais. Shín lámh mhór amach ina threo agus rug ar a gheansaí. Mhothaigh Conchúr a chosa ag ardú ón urlár agus a gheansaí ag teannadh timpeall a scornaí. Thosaigh sé ag ciceáil agus ag sracadh ach d'airigh sé a gheansaí ag éirí an-teann agus chiúnaigh sé ar an toirt. Shiúil an Scáth mór dubh isteach sa seomra go réidh agus Conchúr á iompar ina ghlac aige mar a bheadh bábóg. Nuair a shroich sé an chathaoir uilleach phlanc sé Conchúr síos inti agus thóg sé céim siar.

Rinne Conchúr iarracht éirí as an gcathaoir ach ba shaothar in aisce é. Le luas nach mbeifeá ag súil leis ó dhuine chomh mór leis, thug an Scáth buille fíochmhar sa bholg dó le dorn a bhí chomh leathan agus chomh crua le hord. Leagadh Conchúr ar a thóin arís, é ag casachtach agus ag iarraidh a anáil a tharraingt. Ní dhearna sé aon iarracht éirí an dara huair. Nuair a tháinig a anáil chuige agus nuair a ghlan sé na deora dá shúile chonaic sé go raibh Fat Tony ina shuí os a chomhair ar an tolg. Bhí sé ar a sháimhín só, cos amháin in airde ar a ghlúin, a hata caite in aice leis – cheapfá gurbh é an sagart paróiste é, tagtha le haghaidh cupán tae, ach amháin gur culaith Armani a bhí á chaitheamh aige.

'A Chonchúir, a chara,' arsa Fat Tony i nguth íseal béasach, 'táim buartha fút. Measaim, mo léan, nach mbaineann an t-ádh leat. Ar mharaigh tú cat dubh ar an mbóthar nó ar bhris tú scáthán mór millteach le déanaí?'

D'oscail Conchúr a bhéal chun freagra a thabhairt air ach d'ardaigh Fat Tony lámh údarásach agus thug an Scáth buille eile sa bholg dó a chuir deireadh lena fhonn cainte.

'Ceist reitriciúil a bhí ansin, a Chonchúir,' arsa Fat Tony. 'Ní thugann tú freagra ar a leithéid! Fan i do shuí sa chathaoir bhog chompordach sin nó roghnóidh mo chara ciúin anseo suíochán eile duit nach mbeadh leath chomh compordach.'

Shuigh Conchúr siar sa chathaoir agus d'fhan sé ansin gan gíog ná míog as. Lean Fat Tony ar aghaidh sa ghuth foighneach céanna.

'Anois, a Chonchúir, an rud a bhí á rá agam sular chuir tú isteach orm, chuala mé nár éirigh leat sa chluiche pócair. Chuala mé nár éirigh leat iasacht a fháil ó do chairde ná ó do mhuintir. Chuala mé nár éirigh leat do ghluaisteán a dhíol agus táim ag éirí buartha faoi mo chuid airgid. Tá faitíos ag teacht orm nach mbeidh mo chuid airgid agat dom amárach. Ní maith liom a bheith buartha, a Chonchúir. Deir mo dhochtúir liom go gcuireann sé isteach ar mo ghoile má bhím buartha. Gintear an iomarca aigéid i mo bholg nó rud éigin den chineál sin, dar leis. Níor mhaith leat go mbeinn ag fulaingt, a Chonchúir, ar mhaith?'

Cheapfá ar a ghuth séimh síodúil gur suantraí a bhí á chanadh aige do leanbh cantalach nach raibh sásta dul a chodladh!

'An mbeidh mo chuid airgid agat dom amárach,

a Chonchúir?' ar seisean go ciúin.

D'fhéach Conchúr air gan focal as agus d'ardaigh Fat Tony a lámh. Is ar éigean a chonaic Conchúr an dorn ag scinneadh tríd an aer ach, mura bhfaca, mhothaigh sé an buille taobh thiar den dorn.

'Ó, gabh mo leithscéal, a Chonchúir, ní ceist reitriciúil a bhí ansin. Bhí mé ag súil le freagra an uair sin.'

Bhí Conchúr cromtha ina dhá leath leis an bpian, é ag casachtach agus ag iarraidh breith ar a anáil, ach chonaic sé lámh Fat Tony ar tí ardú arís agus d'éirigh leis 'Ní bheidh' a bhrú as a scornach i gcogar garbh.

Tháinig cuma bhrónach ar aghaidh Fat Tony ach ba léir ar a shúile nár chuir an scéal ionadh ar bith air. Ba léir air nach raibh súil aige lena mhalairt de scéal. Chroith sé a cheann go mall ó thaobh go taobh agus gach 'fuit, fuit, fuit' as. Brón agus díomá le léamh ar a aghaidh, ar nós múinteoir a rug ar scata cailíní ag cóipeáil a gcuid ceachtanna. D'ardaigh sé a lámh arís agus thit Conchúr ar an urlár an uair sin leis an taom casachtaí a lean an buille fíochmhar.

Cheap sé go gcaithfeadh sé aníos ar bhróga snasta Fat Tony, rud nach gcabhródh lena chás, ar ndóigh. Ach diaidh ar ndiaidh mhaolaigh ar an gcasachtach agus shuaimhnigh a ghoile.

Bhí Fat Tony ag fanacht go foighneach air. Nuair a bhí a chuid anála ag teacht chuig Conchúr arís labhair Fat Tony leis an Scáth, a bhí ina thost i rith an ama.

'Cabhraigh lenár gcara,' ar seisean.

Chuir an Scáth lámh mhór faoi ascaill Chonchúir agus d'ardaigh sé den urlár é. Cuireadh ina shuí arís é. Bhí Fat Tony ag stánadh go géar air. An chéad rud eile chuir sé ceist ar Chonchúr a chuaigh go croí ann.

'Cén difríocht atá idir eilifint na hAfraice agus eilifint na hIndia, meas tú, a Chonchúir?'

Bhraith Conchúr a chluasa ag éirí te agus a chosa agus a lámha ag éirí lag. Bhí an t-ádh leis go raibh sé ina shuí cheana féin nó thitfeadh sé cinnte. D'ardaigh Fat Tony a mhalaí go ceisteach agus nuair ba léir dó gur thuig Conchúr na himpleachtaí lean sé air gan fanacht ar fhreagra.

'Ceist reitriciúil eile, ar ndóigh! Ach, mar a bhí mé á rá níos luaithe, táim buartha fút, a Chonchúir, agus buartha faoi mo chuid airgid, ar ndóigh. Ní maith le mo chuntasóir fiacha nach n-íoctar in am.'

Rith sé le Conchúr go raibh Fat Tony i bhfad róbhuartha faoina chuid comhairleoirí. Idir a dhochtúir agus a chuntasóir ní raibh saol madra aige.

Bhí Fat Tony ag labhairt arís, an tséimhe agus an bhuairt bhréige ar ais ina ghlór.

'Is léir nach mbeidh tú in ann mo chuid airgid a íoc amárach, a Chonchúir. Ní mór dúinn plean a cheapadh ionas gur féidir leat do chuid fiacha a ghlanadh. Mura bhfuil an t-airgead agat beidh ort gar beag a dhéanamh dom a chuirfidh gliondar ar mo chroí, agus ar chroí mo chuntasóra freisin, ar ndóigh.'

Cén sórt 'gar beag' a bheadh i gceist ag Fat Tony? Réab na smaointe trí shamhlaíocht Chonchúir mar a bheadh capaill fhiáine iontu – banc a robáil, páiste a fhuadach, *mafioso* ramhar éigin a dhúnmharú!

'Tá an chuma ort, a Chonchúir, go bhfuil saoire ag teastáil uait. Deireadh seachtaine fada, b'fhéidir. Thar lear. I bpríomhchathair éigin – Amstardam, b'fhéidir. Is ea, Amstardam, déarfainn – Van Gogh, Rembrandt, na canálacha, na rothair – d'ardóidís do chroí. Agus, fad atá tú ann, féadfaidh tú gar beag a dhéanamh dom, mar a bhí mé á rá – pacáiste beag a iompar abhaile chugam a chuirfidh gliondar ar mo chroí.'

Bhí a fhios ag Conchúr go rímhaith cén sórt pacáistí a thagadh as Amstardam agus an crá croí a chuirfí ar dhaoine eile ach ní raibh an dara rogha aige. Dá mba é seo an t-aon éalú a bhí i ndán rachadh sé sa seans. Ba leor eilifint Indiach amháin sa chathair. Níor theastaigh tréad!

Shín Fat Tony clúdach litreach chuige. D'oscail Conchúr é agus thug sé sracfhéachaint ann. Ticéad fillte Ryanair go hAmstardam don lá dár gcionn, dhá nóta céad euro agus bileog eolais faoi óstán i lár na cathrach, b'in a bhí istigh ann. A ainm féin a bhí ar an ticéad. Bhí an ceart aige, ní raibh an dara rogha ann. Bhí beartaithe ag Fat Tony Conchúr a chur go hAmstardam agus bhí sé le dul ann an lá dár gcionn.

'Tá súil agam go bhfuil do phas in ord agus in eagar agat,' arsa Fat Tony go borb.

'Tá,' arsa Conchúr. 'Bhí mé ar saoire sa Spáinn i rith an tsamhraidh.'

'Huth! Nach méanar duit!' arsa Fat Tony agus aghaidh chrosta air. 'Ní thaitníonn an ghrian le mo bhean chéile – gruaig rua atá uirthi, ar ndóigh! B'fhearr léi seachtain i dTrá Lí ná ar an Costa del Sol, mo léan. Agus bíonn dath an bháis orainn i gcónaí, ní nach ionadh!'

Ba dheacair do Chonchúr bean chéile Fat Tony a shamhlú. Mainicín ard tanaí le folt fada rua, fáinní óir ar gach méar agus bróga Jimmy Choo ar a cosa maorga, b'fhéidir. Nó bean bheag ramhar i gcairdeagan olla a chaitheadh an tráthnóna ag breathnú ar *Countdown* nó *Desperate Housewives* nó a théadh chuig an mbiongó lena deirfiúr. Ba chuma, ar aon nós. Ní hé go raibh Conchúr ag súil le cuireadh chuig an teach – mura mbeadh an mí-ádh ar fad air!

D'éirigh Fat Tony ina sheasamh agus ba léir

go raibh sé ar tí imeacht. Chuir sé lámh ina phóca agus bhain sé guthán as.

'Cuirfear glaoch ort nuair a shroichfidh tú an Ísiltír,' ar seisean. 'Gheobhaidh tú tuilleadh eolais ansin. Ná lig an guthán seo as do radharc. Agus, rud fíorthábhachtach, ná bain úsáid ar bith eile as. Bí cinnte go bplugálann tú isteach é gach oíche ionas go mbeidh sé luchtaithe agus in ord nuair a chuirtear scéala chugat.'

Thóg Conchúr an guthán uaidh agus d'fhéach sé air.

'Conas a chuirfidh mé fios ort?' ar seisean go maolchluasach.

'Ní chuirfidh,' arsa Fat Tony go borb. 'Níl aithne agat orm! Níor bhuail tú riamh liom! Níl m'ainm fiú ar eolas agat!'

B'fhíor dó, arsa Conchúr leis féin! Ach chrom sé a cheann lena chur in iúl gur thuig sé a raibh ráite. D'imigh Fat Tony agus an Scáth leo gan focal scoir ná slán a fhágáil.

Lig Conchúr osna faoisimh a luaithe a dhún an doras. Anonn leis go dtí an leithreas, áit ar chaith sé aníos arís agus arís eile go ceann cúig nóiméad. Mhothaigh sé rud beag níos fearr nuair a tháinig sé isteach sa seomra suí arís. Rug sé ar bhuidéal fuisce agus líon sé gloine bheag as. Chaith sé siar an fuisce gan é a bhlaiseadh fiú. Dhóigh an bhiotáille a scornach agus thosaigh an chasachtach arís. Cheap sé go mbeadh air turas eile a thabhairt ar an leithreas ach diaidh ar ndiaidh chiúnaigh an chasachtach agus a bholg araon.

Chuir sé an buidéal ar ais ar an tseilf agus shocraigh sé braon tae a dhéanamh. Bhainfeadh sé níos mó taitnimh as. Intinn ghéar a bhí ag teastáil anois seachas mearbhall an óil. Thóg sé an ticéad as an gclúdach arís agus scrúdaigh sé é. Bheadh an eitilt ag imeacht an mhaidin dár gcionn ar a hocht agus bheadh sé ag teacht ar ais maidin Dé Domhnaigh ar a deich. Lá iomlán in Amstardam. An mbainfeadh sé taitneamh ar bith as agus an obair a bhí idir lámha á chrá an t-am ar fad?

9

B'fhuath le Conchúr taisteal in eitleán – tú brúite idir bheirt a bheadh ramhar cainteach, do chosa cromtha fút, gan aon aer úr ar feadh uair an chloig agus an teannas agus an eagla timpeall ort. Ba chuma cé chomh minic is a d'eitil sé bhíodh faitíos air i gcónaí. 'Seans níos fearr agat an Lató a bhuachan ná bás a fháil in eitleán,' a deireadh daoine leis. Níor chabhraigh sin puinn leis, go háirithe ó bhí aithne aige ar bhean a bhuaigh an Lató faoi dhó!

Bhí siad san eitleán ar an rúidbhealach ag fanacht ar eitleán eile a bhí ag tuirlingt, rud nár chuir le muinín Chonchúir as an gcóras. Má bhí eitleán amháin ag tuirlingt agus eitleán eile ag éirí agus eitleáin eile fós thuas san aer … D'éirigh sé as agus d'oscail sé a mhála milseán.

Cheannaigh a mhamaí mála milseán dó an

44

chéad uair a d'imigh siad ar eitleán. Mhínigh sí dó faoi na píobáin idir an scornach agus na cluasa agus faoin gcaoi le brú an aeir a choinneáil cothrom ar gach aon taobh de thiompán na cluaise ach milseán crua a shúrac. Bhí Conchúr an-sásta an lá sin mar gur thuig a mhamaí go raibh míniú ceart ag dul dó. Aon bhliain déag d'aois a bhí sé ag an am ach mhothaigh sé i bhfad ní ba shine. Chuir sé milseán ina bhéal anois agus bhraith sé uaidh a mhamaí, den chéad uair le fada.

Leis sin thosaigh innill an eitleáin ag búiríl agus brúdh Conchúr siar ina shuíochán. Chuir sé milseán eile ina bhéal agus thosaigh á shúrac. Dhún sé a shúile agus níor oscail sé arís iad go dtí gur mhaolaigh búiríl an eitleáin rud beag. D'fhéach sé amach an fhuinneog bheag a bhí trasna uaidh agus chonaic sé na cearnóga beaga glasa agus buí thíos faoi amach thar sciathán leathan an eitleáin. Iad ar nós páirceanna i bpictiúr d'fheirm a rinne sé agus é ar scoil agus a chroch a mhamaí ar an gcuisneoir sa chistin. Bhí na páirceanna céanna beagnach bán nuair a bhain a mhamaí an pictiúr de dhoras an chuisneora an bhliain dár gcionn.

Thóg sé nuachtán as a mhála agus thosaigh
á léamh. Maith an rud nár cuireadh scrúdú air
faoina raibh léite aige, áfach, ach idir a nuachtán
agus a mhála milseán bhí sé gnóthach go dtí gur
thosaigh an solas beag ag ordú dó a chrios sábhála
a cheangal arís.

'Huth!' arsa Conchúr leis féin. 'A leithéid!' Níor
nós leis an crios sábhála a scaoileadh in eitleán
riamh go dtí go múchadh an píolóta an t-inneall ag
an gceann scríbe. Chuir sé dhá mhilseán ina bhéal,
dhún sé a shúile agus níor oscail sé arís iad go dtí gur
chuala sé na rothaí ag scríobadh an rúidbhealaigh
agus scréachadh na gcoscán ag cur in iúl dó go raibh
sé in aerfort Amstardam. Lig sé osna faoisimh agus
mhothaigh sé an teannas ag imeacht as a chorp.

Stop an t-eitleán agus sheas gach duine ar an
toirt, iad uile ag tarraingt málaí as na cófraí beaga
os a gcionn. D'fhan Conchúr ina shuí go dtí go
raibh an cábán beagnach folamh. Scaoil sé a chrios
sábhála ansin agus sheas sé. Rug sé ar a mhála agus
lean sé na seandaoine bacacha fad le hoifig na

bpasanna. Thaispeáin sé a phas do bhean a bhí ina seasamh laistigh de bhosca gloine. D'fhéach sí ar a phictiúr agus scrúdaigh sí a aghaidh go grinn. Thug sí an pas ar ais dó agus gáire dea-bhéasach oifigiúil ar a haghaidh.

'Go raibh maith agat, a dhuine uasail, bain sult as do thréimhse san Ísiltír.'

Lean Conchúr na fógraí i dtreo halla an bhagáiste, áit a raibh na paisinéirí eile ag fanacht go mífhoighneach ar a gcuid málaí. Cad chuige an deifir ar fad orthu as an eitleán anois beag! Leath miongháire beag ar bhéal Chonchúir ansin nuair a phreab crios na málaí ina dhúiseacht agus nuair a chonaic sé na málaí ag teacht trí na doirse beaga. Ba é a mhála féin an chéad cheann! Rug sé air agus thosaigh sé ag meangadh. Bhí an ceart ag Aesop – ag an toirtís a bhíonn an bua i ndeireadh na dála.

Ar aghaidh leis go dtí an stáisiún traenach san aerfort, áit ar cheannaigh sé ticéad fillte go dtí lár na cathrach. B'aoibhinn leis na traenacha ar an Mór-Roinn, iad glan, saor agus poncúil. Bhí sé i lár na cathrach taobh istigh de leathuair an chloig.

# 10

Amach leis trí phríomhdhoras an stáisiúin agus shlog an slua é. Bhí na sluaite ag siúl agus an líon céanna arís ag rothaíocht. Bhí cosáin ar leith ann do na rothair, dath dearg orthu, de ghnáth, iad plódaithe le rothair de gach saghas a ghluais ina sruthán gan stad. Fir agus cultacha orthu ag rothaíocht, mná ag caitheamh sciortaí agus bróga le sála arda, páistí beaga ar shuíocháin bhreise, madra ag rith le taobh an rothair ar iall uaireanta, leantóirí beaga do na málaí siopadóireachta. Idir óg agus aosta, fireann agus baineann, saibhir agus bocht, bhí rothar an duine acu.

Bhí ionad páirceála do rothair in aice leis an stáisiún traenach. Foirgneamh trí stór a bhí ann agus na mílte rothar le feiceáil glasáilte istigh ann. Ba léir nár oibrigh na glais rothair i gcónaí, áfach, mar chonaic Conchúr neart rothar báite sna canálacha. Léigh sé áit éigin go dtugadh comhairle na cathrach suas le míle rothar amach as an uisce gach mí.

Bhí tramanna ag clingeáil leo síos lár na sráide agus thagadh bus an bealach anois is arís freisin. Bhí sé chomh tógtha leis na rothair gur thóg sé cúpla nóiméad air a aithint gur bheag gluaisteán a bhí le feiceáil, cé go bhfaca sé tacsaí ó thráth go chéile. Ach bhí na rothair ní ba chontúirtí ná gluaisteán ar bith, agus na rothaithe sách crosta aon uair a sheas duine sa bhealach rompu!

Díreach agus é ag dul i dtaithí ar na rothair, thrasnaigh sé a chéad chanáil. Bhí báid den uile chinéal le feiceáil. Báid mhóra do thurasóirí, báid bheaga agus fir ghnó iontu ag scinneadh abhaile don lón. Anseo is ansiúd chonaic sé bád cónaithe agus líne éadaí ag triomú air, dinnéar á ithe ar an deic, plandaí ildaite ag fás i bpotaí agus rothar ceangailte den ráille le slabhra.

Shroich Conchúr an t-óstán gan stró. Fuair sé go raibh seomra curtha in áirithe dó, faoina ainm féin.

Bhí sé buartha go mbeadh a ainm féin in úsáid. Cheap sé gur pas bréige a bheadh in úsáid aige ach níor luaigh Fat Tony an scéal in aon chor, agus ní raibh de dhánacht ann ceist ar bith a chur air. Thug an freastalaí cárta beag dó agus na treoracha go dtí a sheomra. Suas leis san ardaitheoir agus síos leis trí phasáiste an-fhada go dtí gur shroich sé a sheomra féin sa deireadh. Bhí cuma sách compordach air – leaba mhór, citeal, málaí tae agus caife, seomra folctha glan agus teilifíseán. Fuair sé go raibh BBC 1, Channel 4 agus ITV ar fáil, mar aon le lear mór stáisiún eile.

Luigh sé síos ar an leaba, an cianrialtán ina lámh agus cupán caife ar an mbord beag in aice na leapa. Bhí sé ar a shuaimhneas agus *Countdown* ar tí tosú ar an teilifís nuair a bhuail an fón póca a thug Fat Tony dó. Phreab Conchúr aníos as an leaba agus rug sé air.

'Haileo,' ar seisean go cúramach.

Shíl sé gur Fat Tony a bheadh ann ach is bean a bhí ann. Bhí tuin Eorpach ar a cuid cainte ach bhí Béarla maith aici, mar sin féin.

'Conchúr?' ar sise go ceisteach.

'Is ea,' ar seisean.

'An bhfuil gach rud ceart go leor san óstán?' ar sise arís.

'Tá,' ar seisean arís agus ionadh air.

'Ní bheidh an "stuif" réidh agam go dtí amárach,' ar sise ansin. 'Buailfidh mé leat taobh amuigh de Mhúsaem Van Gogh ar a sé a chlog. Beidh cóta dearg orm agus scáth báistí dearg i mo lámh agam. Ná bí déanach!'

'Beidh cóta ...,' a thosaigh Conchúr ach bhris sí isteach air.

'Ná bí buartha, a Chonchúir. Chonaic mé ag an aerfort thú!'

Chuir sí síos an fón sula raibh seans ag Conchúr aon cheist eile a chur uirthi. Chonaic sí ag an aerfort é! Cé eile a bhí ag faire air? An raibh siad fós ag faire air? Scrúdaigh sé an seomra go grinn ach níor tháinig sé ar aon rud as an ngnáth – bheadh sé deacair teacht ar na ceamaraí bídeacha a bhíodh in úsáid acu, ar aon nós. Thosaigh Conchúr ag gáire faoi féin ansin – an iomarca cláracha teilifíse feicthe aige. Níorbh aon James Bond é cé go raibh cosúlachtaí idir Blowfelt agus Fat Tony!

Shocraigh sé síos os comhair an teilifíseáin arís agus d'ól sé an caife fuar. Is beag taitneamh a bhain sé as as an dara leath de *Countdown*. Ní fhéadfadh sé dearmad a dhéanamh den 'stuif' a bheadh réidh dó amárach agus den tsúil ghéar a bhíothas á coinneáil air. Conas a thabharfadh sé tríd an aerfort é? An mbeadh na póilíní ag faire air chomh maith? An mbeadh Fat Tony sásta le turas amháin, nó arbh é seo an chéad ghála den aisíocaíocht? Ní raibh sé ar a shuaimhneas agus bhí sé déanach go leor nuair a thit a chodladh air sa deireadh.

# 11

Nuair a dhúisigh Conchúr bhí solas an lae ag teacht trí na cuirtíní oscailte. D'fhéach sé ar a uaireadóir – ceathrú tar éis a hocht. Ó, a dhiabhail! Bhí an bricfeasta le bheith críochnaithe ar a leathuair tar éis a naoi, am na hÍsiltíre, agus bhí a uaireadóir fós de réir am na hÉireann. Léim sé as an leaba agus nigh sé a aghaidh le huisce fuar sa seomra folctha. Bhí a chuid éadaigh fós air ón oíche roimhe agus ní raibh le déanamh aige ach breith ar an gcárta don doras agus síos leis go dtí an bhialann. Bhí buifé bricfeasta sa seomra bia agus rogha fhairsing bianna ann. D'ith sé a dhóthain ionas nach mbeadh béile eile uaidh go dtí am dinnéir. Nuair a bhí a bhricfeasta caite aige d'fhill sé ar a sheomra agus ghlac sé cith fada, bhearr sé é féin agus d'athraigh sé a chuid éadaigh. Bhí sé ar a chompord ansin.

Bhí bileog eolais in aice na leapa faoi shuímh shuimiúla na cathrach. Shocraigh sé cuairt a thabhairt ar theach Anne Frank agus ar Mhúsaem Rembrandt, agus chríochnódh sé, ar ndóigh, ag Músaem Van Gogh. Ní raibh sé ag iarraidh lá a chur amú ina luí san óstán ag machnamh ar a chuid amaidí. Seans nach bhfeicfeadh sé Amstardam riamh arís. Seans nach bhfeicfeadh sé ach barraí iarainn feasta!

Drochsmaointe! Rug sé ar an mbileog eolais arís. Bheadh cárta turasóireachta *Amsterdam Card* de dhíth air. Thabharfadh an cárta saorchead isteach sna músaeim ar fad, agus ar na busanna agus ar na tramanna chomh maith. Cheannaigh sé cárta sa staisiún traenach agus sheas sé sa scuaine do thram a cúig.

Nuair a shroich sé teach Anne Frank bhí scuaine ann roimhe cé nach raibh sé a deich a chlog ar maidin fós. Shín an scuaine síos an cosán os comhair an tí, timpeall an chúinne agus suas an cosán sin freisin. Bhraith Conchúr go raibh céad duine ar a laghad sa scuaine cheana féin. Bhí an scuaine ag dul i méid i gcónaí. Sheas sé i measc na Meiriceánach, na Seapánach agus na Spáinneach agus d'fhéach sé timpeall. Bhí an teach suite ar thaobh canála, teach ard trí stór, cuma nua-aimseartha ar a leath – é tógtha as coincréit agus gloine – agus an leath eile liath agus cosúil leis na tithe eile sa tsraith.

Bhog an scuaine go mall agus sheas Conchúr ann ar feadh uair go leith sular shroich sé an doras agus cuntar na dticéad. Bhí ort do mhála droma a iompar ar do bholg ar eagla go leagfá rud éigin leis, rud a chuir a thuras go dtí Brú na Bóinne i gcuimhne do Chonchúr. Lean sé ar aghaidh tríd an teach go mall réidh ag léamh na ngiotaí eolais ar na ballaí faoi scéal Anne agus a muintir agus a gcairde. Chonaic sé an oifig ina mbíodh Otto Frank, a hathair, ag obair agus subh bhaile á díol aige. Léigh sé faoi na cailíní san oifig a chuir a mbeatha féin i mbaol chun muintir Frank a choinneáil i bhfolach, agus a thugadh bia dóibh agus a choinnigh an dialann slán sábháilte nuair a tógadh muintir Frank, go dtí gur fhill athair Anne ón gcampa ina aonar. Shamhlaigh Conchúr an saol crua a bhí acu thuas san aineics, iad ag iarraidh fanacht ciúin i rith an lae ar eagla go gcloisfí iad. Chonaic sé pictiúir d'aisteoirí a bhí gearrtha as irisí ag Anne agus crochta ar bhallaí a seomra leapa aici. Chuir siad a sheomra féin i gcuimhne dó agus é ina dhéagóir, seachas gur peileadóirí agus bannaí ceoil a bhíodh ar crochadh aige féin. Stán sé ar an dialann féin ag iarraidh a oibriú amach cén faoiseamh a thug sé di a cuid smaointe a bhreacadh síos gach aon lá.

Bhí Conchúr fós ag machnamh agus é ag imeacht. D'fhéach sé ar a uaireadóir agus bhí iontas air nuair a chonaic sé go raibh uair go leith caite aige i dteach mhuintir Frank. Mhothaigh sé beagáinín gruama agus cheannaigh sé cupán caife sular thug sé aghaidh ar na músaeim. Shuigh sé in aice na fuinneoige sa chaife ag breathnú ar na báid ag gluaiseacht suas síos an chanáil. Bhain sé an-taitneamh as an muga breá caife agus an slisne beag de cháca seacláide. Bhí spin níos fearr air ina dhiaidh.

Shocraigh sé siúl fad leis an Rijksmuseum agus pictiúir Rembrandt a fheiceáil. Chonaic sé dealbh d'Anne Frank ar an gcúinne agus beirt Sheapánach ag glacadh grianghraf dá chéile in aice léi. Níor thuig Conchúr riamh cén fáth a mbeadh daoine ag iarraidh grianghraf díobh féin le cailín a fuair bás i gcampa géibhinn ach bhí go leor eile nár thuig sé ach an oiread. Deich nóiméad ina dhiaidh sin agus bhí sé ag éirí tuirseach de bheith ag siúl. Níos measa fós, bhí sé ag cur allais. Chonaic sé tram ag teacht agus rith sé go dtí an stad. Níor thaitin leis a bheith ag siúl riamh, go háirithe nuair a bhí rogha aige.

Foirgneamh mór cloiche a bhí sa Rijksmuseum. Bhí ráillí timpeall air agus gairdín laistigh de na ráillí. Shiúil sé tríd an áirse álainn agus … isteach i scuaine! Ach bhí an scuaine sin ag gluaiseacht sách tapa agus níorbh fhada go raibh sé féin ag siúl timpeall na seomraí fairsinge agus seinnteoir beag lena chluas a d'inis stair na bpictiúr dó. Bhain sé taitneamh as na pictiúir bhreátha agus chaith sé neart ama ag breathnú ar phictiúr cáiliúil amháin *De Nachtwacht* (Faire na hOíche). Chlúdaigh sé balla amháin agus bhraith Conchúr cumhacht agus cumas Rembrandt sa phictiúr sin.

Bhí sé ag druidim le a ceathair a chlog agus ní raibh Conchúr ag iarraidh a bheith déanach. Bhí Músaem Van Gogh trasna an bhóthair beagnach ón Rijksmuseum agus níor thóg sé ach cúig nóiméad air dul fad leis. Siúl cúig nóiméad agus daichead a cúig nóiméad ina sheasamh i scuaine! Ach ba chuma leis faoin bhfanacht nuair a chonaic sé na pictiúir. B'fhiú é – na dathanna, an ghluaiseacht, na mothúcháin. D'ardaigh siad a chroí agus chuir siad ionadh air. Ní raibh sé chomh tógtha sin le *Zonnebloemen* (Lusanna na Gréine) is a bhí le *Irissen* (Feileastraim). Thaitin an buí go mór leis, ar ndóigh, agus an chuma a bhí ar *Korenveld* (Gort Cruithneachta). Ach ba é *De Roze Perzikboom* (An Crann Péitseoige Pinc) ab fhearr leis ar fad. Níor thuig sé cén fáth ach cheannaigh sé póstaer de ar a bhealach amach agus bhí an póstaer ina lámh aige agus é ina sheasamh os comhair an mhúsaeim ar a cúig chun a sé.

Bhuail an guthán ina phóca ar a sé agus gheit sé. Ní raibh sé ag súil le teachtaireacht chomh pointeáilte.

'Haileo,' ar seisean go ciúin cé nach raibh duine ná deoraí in aice leis. Thosaigh an bhean ag caint gan beannú dó.

'Taobh thiar den mhúsaem tá páirc phoiblí. Siúil tríd an pháirc,' arsa guth na mná. 'Agus nuair a shroicheann tú an taobh eile beidh mé ag fanacht ort ag an ngeata.'

Chuir sí deireadh leis an nglaoch ar an toirt, gan seans a thabhairt dó ceist a chur ná freagra a thabhairt. Chuir sé an guthán ar ais ina phóca agus ar aghaidh leis tríd an bpáirc. Nuair a shroich sé an geata bhí sí ina seasamh ag stad tram, í ag caitheamh cóta báistí agus a haghaidh á clúdach ag an scáth báistí dearg. Níor fhéach sí air nuair a shiúil sé ina treo agus cheap sé nár aithin sí é. Bhí sé ar tí labhairt léi nuair a bhuail sí bleid air. Sheas sé in aice léi agus lig sé air go raibh sé ag léamh amchlár na dtramanna. Labhair sí i gcogar leis ach bhí an chuma uirthi nach raibh sí ag féachaint air in aon chor.

'Ná cas i mo threo, a Chonchúir. Is fearr dúinn beirt mura dtaispeánaimid go bhfuil aithne againn ar a chéile. Beidh tram anseo i gceann dhá nóiméad, ag ceathrú tar éis a sé. Imeoidh mise ar an tram agus beidh mála fágtha i mo dhiaidh agam. Tá an "stuif" go léir ansin. Tá admháil istigh leis freisin ó shiopa poitigéara ar Bloedstraat, anseo sa chathair. Má chuirtear ceist ar bith ort ag an aerfort, ná habair rud ar bith ach amháin gur cheannaigh tú ansin é. Abair leo gur bronntanas do do dheirfiúr atá ann má cheistíonn siad thú. Abair nár oscail tú riamh é ó cheannaigh tú sa siopa é agus nach bhfuil nóisean agat dá bhfuil i gceist acu. Slán, a Chonchúir. Cuirfear glaoch ort nuair a shroicheann tú Baile Átha Cliath.

'Cuimhnigh, níl dada ar eolas agat agus níor chuala tú trácht ar Mr. Smith riamh.'

Bhí a bhéal ar oscailt ag Conchúr chun ceist a chur uirthi ach chuala sé scread na gcoscán faoin tram agus bhí sí imithe ar bord sula bhfuair sé seans an abairt a chríochnú. D'fhéach sé síos. Bhí mála siopadóireachta plaisteach ina shuí in aice leis! Chrom sé síos agus d'ardaigh sé é. Níor fhéach sé isteach ann cé go raibh sé an-fhiosrach faoina raibh istigh. Bheadh air fanacht go dtí go mbeadh sé ar ais san óstán.

# 12

Shocraigh sé cathaoir faoi hanla an dorais sular oscail sé an mála. D'iompaigh sé bun os cionn é ar an leaba agus thit gach rud amach ar an bpluid. Gnáthrudaí a bhí ann – mála smididh ina raibh cumhrán, uachtar láimhe, mascára, vearnais ingne agus pota ollmhór tailc. D'fhéach sé ar gach rud go fiosrach ach ba é an talc an t-aon cheann amhrasach, dar leis. Bhí an pota rómhór don mhála, shíl sé, agus ní raibh boladh ar bith air. Agus cé go raibh sé clúdaithe le plaisteach trédhearcach, bhí cúinne amháin a bhí beagán stróicthe. Rith sé le Conchúr go mb'fhéidir gur osclaíodh é agus gur líonadh é leis an 'stuif' a bhí ag teastáil ó Fat Tony. Cóc? Hearóin? Is beag cur amach a bhí ag Conchúr ar a leithéid agus b'fhearr leis gur mar sin a bheadh.

Thuig sé, ar ndóigh, gurbh fhiú an-chuid airgid

a raibh sa phota céanna agus gur seal fada príosúin a bheadh roimhe féin dá mbéarfaí air agus an 'stuif' seo ina sheilbh. Thuig sé freisin go mbeadh Fat Tony lánsásta é a mharú dá gcaillfeadh sé é nó dá millfeadh sé é. Bheadh air é a iompar abhaile agus dul sa seans nach stopfadh lucht custaim é.

Ach céard faoi na madraí sin a bhíodh le feiceáil ar an teilifís, iad ag srónaíl trí na málaí ag iarraidh teacht ar bholadh drugaí i málaí na bpaisinéirí? Chuala sé áit éigin nach mbeadh an madra in ann an boladh drugaí a aithint má bhí caife ann freisin. Shocraigh sé paicéad nó dhó caife a cheannach agus a chur sa mhála in aice leis an bpúdar anaithnid seo – rud ar bith le dallamullóg a chur ar an madra damanta sin! Chuirfeadh sé a chuid stocaí bréana in aice leis freisin! Mura gcuirfeadh an boladh sin mearbhall ar an madra ní chuirfeadh dada!

Chuir an smaoineamh ag gáire é, den chéad uair le fada. Níor mhair an dea-ghiúmar i bhfad, áfach, mar thosaigh sé ag machnamh ar an lá dár gcionn. Shamhlaigh sé an t-aerfort, é féin ag siúl i dtreo oifigeach custaim, a mhála ina lámh agus a chroí ag preabadh ar nós meaisínghunna, a chlár éadain fliuch le hallas agus an t-oifigeach ag stánadh air go hamhrasach ... ansin:

'Gabh mo leithscéal, a dhuine uasail, ach ar mhiste leat an mála sin a oscailt, más é do thoil é!'

Shuigh sé ar an leaba agus chuir sé a dhá lámh lena aghaidh. Conas a d'éalódh sé as an bpraiseach seo? Rith? Thuig sé go maith nach mbeadh ansin ach réiteach gearrthéarmach ar a chuid fadhbanna. Ní thógfadh sé i bhfad ar Fat Tony agus a chairde breith air. Agus, mar a chonaic sé níos luaithe, seans maith go rabhthas ag coinneáil súil ghéar air an t-am ar fad in Amstardam. Ní raibh aon dul as aige, bheadh air an 'stuif' a thabhairt tríd an aerfort. 'Miúil' a thugaidís ar a leithéid ach rith sé le Conchúr go mbeadh 'asal' níos oiriúnaí!

Sheas sé agus chuir sé gach rud ar ais sa mhála plaisteach. Thóg sé an cárta plaisteach don doras, agus a chuid airgid, agus amach leis. Chaithfeadh sé caife a cheannach. Tháinig sé ar shiopa caife gan mhoill agus cheannaigh sé cúpla paicéad caife, caife na Colóime mar a tharla. An-oiriúnach ar fad, an smaoineamh a rith leis. Tháinig sé ar shiopa nuachtán go gairid ina dhiaidh sin agus cheannaigh sé cúpla bileog de pháipéar beartán ornáideach. D'fhéach sé isteach i bhfuinneog bialainne ach níor chuir sé ocras dá laghad air. An chéad rud eile, bhí freastalaí amuigh ag iarraidh é a mhealladh isteach ach lig Conchúr air nár thuig sé cad a bhí i gceist aige agus d'imigh sé leis.

Nuair a bhí sé ar ais ina sheomra d'fhill sé an páipéar beartán timpeall ar na paicéid chaife agus ar na rudaí sa mhála plaisteach, ionas go mbeadh cuma bronntanais air. Shocraigh sé a chuid éadaigh don mhaidin dár gcionn agus phacáil sé gach rud eile isteach sa chás agus chuir sé in aice an dorais é. Bheadh an t-eitleán ag imeacht ar a deich ar maidin. Shocraigh sé an t-aláram ar an bhfón póca le haghaidh a seacht a chlog, shín sé siar ar an leaba agus d'fhéach sé ar an teilifís go dtí gur thit a chodladh air.

# 13

Phreab sé ina shuí. Bhí an fón póca ag bualadh. Rug sé air ach bhí sé fós leath ina chodladh.

'Haileo?' ar seisean go cúramach.

'Nach bhfuil tú i do dhúiseacht fós, a Chonchúir! Beidh an t-eitleán ag imeacht ar a deich! Déan deifir, a leisceoir!'

Bhí idir mhagadh agus mhífhoighne le cloisteáil i nguth Fat Tony, agus bhí Conchúr ag iarraidh smaoineamh ar an bhfreagra ceart.

'Tá mé i mo shuí, F– ... Mr. Smith,' ar seisean sa deireadh.

Bhí a chroí ina bhéal ach níor lig Fat Tony air gur chuala sé a mheancóg.

'Gread leat agus ná déan dearmad ar an mbeart,' ar seisean go borb. 'Buailfidh mé leat sa chasino anocht. Agus má stoptar thú, níl aithne agat ar éinne agus níl rud ar bith ar eolas agat. Má luann tú m'ainmse leo ní dhúiseoidh tú as do chéad chodladh eile go brách!'

Fágadh Conchúr ag éisteacht leis an gciúnas. D'fhéach sé ar an gclog. A sé a chlog! Nár chodail an fear sin riamh! Luigh sé siar arís ach níorbh fhiú é. D'aithin sé nach raibh seans ar bith ann go rachadh sé a chodladh arís. Thosaigh a chroí ag preabadh ar nós druma i racbhanna agus thosaigh a aigne ag scinneadh ó ábhar go chéile gan stad.

D'éirigh sé faoi dheireadh agus d'imigh sé síos go dtí an bhialann. Ní raibh ocras air ach d'ól sé cupán caife agus d'ith sé cúpla *croissant* leis an am a chur isteach. Bhailigh sé a chás as an seomra ansin agus d'imigh sé trasna an droichid go dtí an stáisiún traenach. Níor cuireadh ceist ar bith air ag an aerfort. Leag sé a chás anuas ar an gcrios fad a bhí cailín na dticéad ag scrúdú a thicéid agus a phas. Ghreamaigh sí lipéad thart ar an hanla, gan breathnú air fiú, agus nuair a bhrúigh sí cnaipe faoin mbord d'imigh an cás leis. Choinnigh Conchúr súil ghéar air go dtí gur imigh sé as radharc i measc na gcéadta cás neamhshuimiúil eile.

Nuair a chuaigh sé fad le cuntar na bpasanna d'fhéach garda ar a phas agus ar a aghaidh. Ní dúirt an garda ach 'Slán abhaile, a dhuine uasail,' agus thug sé an pas ar ais dó.

Bhí Conchúr ar tí é a fhreagairt ach bhí an garda ag labhairt leis an gcéad duine eile sa scuaine cheana féin.

Bhí an t-eitleán sách plódaithe ach d'éirigh le Conchúr teacht ar roinnt suíochán nach raibh tógtha ag aon dream eile. Bhí sé á shocrú féin in aice na fuinneoige nuair a shuigh seanbhean bheag liath síos sa chéad suíochán eile in aice leis. Spéaclaí órga, cóta olla, hata donn agus cleite ag gobadh amach as. Mamó ag eitilt! Ní raibh fonn cainte dá laghad air ach bhí tuairim mhaith aige gur bheag seans a bheadh aige fanacht ina thost agus an mhamó fhiosrach seo ag lorg gach mioneolais ar a shaol agus ar a mhuintir.

Ar éigean a bhí sí ina suí nuair a thosaigh an diancheistiú. Cárb as dó? An raibh sé pósta? An raibh sé ar saoire? Ar thaitin Amstardam leis?

Faoin am a shroich siad Baile Átha Cliath bhí sáraithne ag Conchúr ar Cháit Uí Laoire, agus ar a hiníon a bhí ag obair i mbanc in Amstardam agus a bhí pósta ar Dhúitseach breá a casadh uirthi agus í ar saoire sa Spáinn.

Agus d'fhéadfadh Cáit beathaisnéis Chonchúir a scríobh, ar ndóigh, agus céad go leith leathanach a líonadh gan stró, cé go raibh sonraí áirithe fágtha ar lár aige. Bhí Conchúr cráite ag Cáit ach bhí sé ábhairín buíoch di freisin cionn is gur bheag seans a thug sí dó a bheith buartha faoin eitilt ná a bheith ag smaoineamh ar na deacrachtaí a bheadh roimhe san aerfort i mBaile Átha Cliath.

Réab screadach na rothaí ar an rúidbhealach trí shíorchaint Cháit agus caitheadh í féin agus Conchúr chun tosaigh ina suíochán. Caitheadh siar arís iad cúpla soicind ina dhiaidh nuair a stad an t-eitleán. Bhí ionadh ar Chonchúr go raibh an eitilt thart agus nach raibh teannas ná buairt dá laghad air lena linn. Chonaic sé Cáit á coisreacan féin agus a beola ag bogadh, agus d'aithin sé go raibh paidir chiúin á rá aici. Is ansin a bhuail an smaoineamh é go mb'fhéidir go mbíodh sise chomh neirbhíseach leis féin ar bord eitleáin agus gurb í a cuid neirbhíse faoi deara an tsíorchaint uile. Tháinig trua aige di agus d'fhan sé ina shuí in aice léi go dtí go raibh an t-eitleán beagnach folamh. Sheas siad ansin agus tharraing sí mála taistil trom anuas as an gcófra os a gcionn. Thóg sé uaithi é agus d'iompar seisean síos na céimeanna di é agus trasna an tarmac i dtreo halla an bhagáiste.

Bhí na málaí ann rompu, iad ag crith agus ag luascadh ar an gcrios iompair. Chonaic Conchúr a mhála féin ag druidim leis agus rug sé air. Thaispeáin Cáit a mála siúd dó, seanchás leathair agus ribín glas fáiscthe timpeall air faoin hanla. A hiníon an baincéir a rinne é sin, gan dabht. Tharraing sé den chrios é. Bhí grúpa beag tralaithe in aice leis agus chuir sé a cuid málaí ar cheann acu. Ghabh sí buíochas leis agus thóg sí an tralaí uaidh. Thairg Conchúr é a thiomáint di ach d'inis sí dó i gcogar go raibh sé níos éasca di siúl le tacaíocht an tralaí. Shiúil siad beirt go mall go dtí an Bealach Gorm.

Mhothaigh Conchúr an teannas ag éirí ann féin

arís. Bhí oifigeach custaim ina sheasamh ansin ar a shuaimhneas, a dhroim le balla agus aghaidh neamhbhuartha air. Ach thug Conchúr faoi deara go raibh a shúile ag gluaiseacht an t-am ar fad agus go raibh sé ag breathnú go grinn ar aghaidh gach éinne a shiúil thairis. Ar éigean a bhí Conchúr in ann análú agus bhraith sé a aghaidh ag éirí an-dearg, amhail is go raibh meáchan an-trom á iompar aige. Chuala sé a chroí féin ag preabadh agus b'ait leis nár chuir Cáit ceist ar bith air faoin trup. Ba dheacair dó siúl. B'éigean dá inchinn na horduithe a screadach lena chosa … clé deas, clé deas … Tháinig a thréimhse sna gasóga ar ais chuige nuair a bhíodh sé tuirseach traochta ach go leanadh sé fós ag mairseáil clé deas, clé deas, mar ba chuma cé chomh spíonta is a bhí sé féin bhí na buachaillí eile ag brath air.

Ar aghaidh leis. Rinne sé tréaniarracht siúl go mall réidh gan féachaint ar an oifigeach. Ach mhothaigh sé súile an oifigigh air agus chas sé a cheann gan smaoineamh. Bhí a chuid leiceann ag éirí te agus bhí a fhios aige go raibh siad chomh dearg le húll. Rinne sé iarracht ansin a shúile a dhíriú ar shúile an oifigigh ach thosaigh siad ag sleamhnú síos, ba chuma cé chomh minic is a d'ordaigh sé dóibh stánadh air. D'aithin sé go raibh an t-oifigeach ag éirí amhrasach faoi. Sheas sé amach ón mballa agus lean a shúile Conchúr. Mhoilligh Conchúr beagán agus bhuail bean ard ina choinne. Ghabh sé a leithscéal léi gan smaoineamh agus chonaic sé an t-oifigeach ag ardú an raidió láimhe lena chluas. Thosaigh Conchúr ag stánadh roimhe, ag iarraidh a aird a dhíriú ar dhroim Cháit agus í ag siúl go bacach trí na doirse i ndeireadh an halla. Mhothaigh sé a chosa ag bogadh níos tapúla agus níos tapúla agus ní raibh sé in ann iad a shrianadh. Shín an halla amach roimhe ar nós rúidbhealaigh, na doirse gloine ag glioscarnach ag a bhun. Ach le gach céim a ghlac sé d'éirigh an halla níos mó agus bhí na doirse níos faide uaidh. Shroich sé bun an halla sa deireadh agus bhí na doirse uathoibríocha fós ar oscailt. Cúpla céim eile. Leis sin dhún na doirse gloine agus chuala sé guth dea-bhéasach neamhphearsanta taobh thiar de.

'Gabh mo leithscéal, a dhuine uasail. An bhféadfainn labhairt leat ar feadh nóiméid? An bealach seo, le do thoil.'

# 14

Trí ghloine na ndoirse chonaic Conchúr beirt Ghardaí ina seasamh go foighneach, a lámha fillte agus iad ag stánadh air go fuarchúiseach. Chas sé timpeall go mall. Bhí an t-oifigeach custaim ina sheasamh roimhe ansin agus beirt Ghardaí eile in éineacht leis, iad chomh cosúil leis an gcéad bheirt gurbh éigean do Chonchúr a cheann a chasadh agus breathnú trí na doirse gloine lena chinntiú nach iad a bhí ann. Ní raibh an dara dul as aige, bhí air siúl ar ais leo go dtí oifig bheag, a chosa ag éirí níos laige le gach céim agus an cás ag éirí níos troime.

Bhí bord san oifig agus dúradh le Conchúr an cás a leagan air. Thosaigh an t-oifigeach custaim ag caint ansin, píosa fada cainte faoi rabhadh agus cearta. Ba ar éigean a thuig Conchúr a leath. D'oscail an t-oifigeach custaim an cás agus bhain sé gach rud as, go mall réidh. Thóg sé suas gach rud ina lámh agus rinne sé mionscrúdú air, á oscailt, á chasadh, á bholú. Bhain sé an claibín den taos fiacla agus bhrúigh sé an taos amach i mbabhla beag a bhí ar an mbord. Bhain sé an barr den talc agus dhoirt sé cuid de go cúramach isteach i mbabhla eile. Nuair a bhí an cás folamh thóg sé scian phóca agus ghearr sé tríd an líneáil ar an taobh istigh. An chéad rud eile, d'iarr sé ar Chonchúr seasamh ansin agus thosaigh sé á chuardach, a phócaí, a chuid éadaigh, gach cúinne dá chorp. Nuair a bhí an méid sin críochnaithe, dúradh le Conchúr go mbeadh X-gha de dhíth orthu chun a bheith cinnte nach raibh rud ar bith slogtha aige agus é fós ina bholg.

Tugadh isteach i seomra eile é agus rinne banaltra X-ghathú air fad a d'fhan na Gardaí lasmuigh den doras. Nuair a tugadh ar ais isteach sa chéad oifig é bhí anailísí i gcóta bán ag déanamh tástála ar bhlúirín bídeach den taos fiacla. Chroith sé an promhadán agus d'fhan sé cúpla soicind sula ndúirt sé 'Faic'. Rug sé ar phromhadán eile ansin agus chuir sé gráinne den phúdar bán isteach ann.

Dhoirt sé cúpla braon as buidéal a bhí ar an mbord isteach ansin freisin. Mheasc sé an t-ábhar le chéile agus d'fhan sé. Cheap Conchúr go bpléascfadh a chroí trína ucht. D'fhéach an t-anailísí ar an bpromhadán go grinn. D'fhéach sé ar an oifigeach custaim ansin agus chroith sé a cheann go mall. 'Faic,' ar seisean arís.

'Céard!' arsa Conchúr.

Níor chreid sé a raibh cloiste aige! D'fhéach an t-oifigeach custaim go fiosrach air. Bhí iontas Chonchúir tugtha faoi deara aige.

'An bhfuil rud éigin cearr, a dhuine uasail?'

'Ó, níl. Níl in aon chor, go raibh maith agat,' arsa Conchúr agus é ag iarraidh smacht a fháil air féin arís.

Bhí an faoiseamh ag scaipeadh trína chorp agus bhí mearbhall ina cheann.

'An bhfuil sibh críochnaithe liom anseo? Tá daoine ag fanacht orm. Beidh siad ag éirí buartha fúm.'

Chonaic sé an t-amhras fós i súile an oifigigh chustaim ach, gan fianaise ar bith, ní fhéadfaidís é a choinneáil, an bhféadfadh? D'fhan an t-oifigeach custaim ina shuí ag stánadh air go ceann i bhfad. Chuimil sé a lámh chlé dá smig agus ba léir gur bhreá leis Conchúr a cheistiú. Stán Conchúr ar ais air, neart ceisteanna aige féin freisin. Cén fáth nach raibh rud ar bith sa chás? Cá raibh an 'stuif'? Ar goideadh é? An raibh sé cailllte aige? Cad a déarfadh Fat Tony? An gcreidfeadh sé an scéal?

Lig an t-oifigeach custaim osna sa deireadh agus sheas sé.

'Bhuel, a dhuine uasail, is féidir leat imeacht. Cuirfidh na Gardaí gach rud ar ais i do chás. Tá súil agam nár chuireamar moill rómhór ort.'

Phacáil na Gardaí an cás do Chonchúr arís agus thug siad ar ais dó é. Thóg Conchúr an cás agus chas sé i dtreo an dorais le himeacht. Ar éigean a bhí trí chéim siúlta aige nuair a ghlaoigh an t-oifigeach custaim ar ais é. D'fhéach Conchúr siar thar a ghualainn. Céard a bhí tugtha faoi deara acu anois?

'Ní dhearna tú gearán ar bith faoi do chás, a dhuine uasail.'

Chonaic Conchúr an t-amhras ina shúile arís agus bhuail racht feirge é. Conas a d'fhéadfadh sé a bheith chomh hamaideach, a chás millte acu agus gan faic ráite aige faoi! Shín an t-oifigeach custaim foirm chuige.

'Tá tú i dteideal cúiteamh a éileamh ar do chás, a dhuine uasail. Líon isteach an fhoirm seo, le do thoil.'

Chuala Conchúr an dímheas ina ghuth. D'aithin sé nach raibh an t-oifigeach custaim amhrasach faoi a thuilleadh – bhí sé cinnte anois go raibh rud éigin á cheilt ag Conchúr. Ach thuig sé freisin nach raibh fianaise ar bith aige.

Ghlac Conchúr an fhoirm. Líon sé isteach í. Dúirt sé 'Go raibh maith agat' chomh nádúrtha agus a d'fhéad sé agus d'imigh sé chomh sciobtha agus ab fhéidir leis, gan rith.

Bhí iontas air nuair nár stopadh arís é ag príomhdhoras an aerfoirt. D'aimsigh sé tacsaí gan stró agus d'iarr sé ar an tiománaí é a thabhairt abhaile. Agus é ina shuí i gcúl an tacsaí ar an mbealach abhaile, bhí a chroí fós ag pocléimnigh.

Shíl sé go raibh a inchinn ag borradh agus ag iarraidh a chloigeann a scoilt. Bhí sé ag análú go tréan freisin, ar nós duine a mbeadh maratón rite aige. Nuair a shroich sé an teach rith sé suas staighre go dtí an leithreas agus chaith sé aníos ar feadh cúig nóiméad.

Nuair a bhí sé críochnaithe chaith sé é féin ar an leaba agus chrith sé ó bhonn go baithis go ceann cúig nóiméad eile. Tharraing sé na braillíní timpeall air féin agus luasc sé ó thaobh go taobh go dtí gur thit tromchodladh air.

# 15

Nuair a dhúisigh Conchúr arís bhí pianta ina dhroim agus ina chosa. Bhí múisc air agus blas searbh ina bhéal. D'éirigh sé go drogallach, thug sé aghaidh ar an seomra folctha agus chuir sé an cith ar siúl. Bhuail an t-uisce fuar a chloigeann agus gheit sé. Mhothaigh sé an ceo ag glanadh dá inchinn. Sheas sé faoin gcith ar feadh deich nóiméad go dtí go raibh sé ar fónamh arís. Agus é ag triomú a choirp thosaigh na ceisteanna ag filleadh. Cén fáth nach raibh an 'stuif' ina mhála? Cén chúis a bhí lena thuras? An teist a bhí ann chun a chinntiú go mbeadh sé oiriúnach don obair? An gcreidfeadh Fat Tony nach raibh sa mhála sin ach púdar do bháibín nó an gcuirfeadh sé ina leith gur ghoid sé an 'stuif'? Bhí an tinneas cinn ag filleadh arís agus bhraith sé a inchinn ag at agus ag preabadh ina chloigeann arís.

Tharraing sé chuige a chás agus rug sé ar cheann de na málaí caife. Nuair a bhí an citeal ar fiuchadh chaith sé trí spúnóg caife isteach sa phota agus dhoirt sé uisce fiuchta isteach sa phota in éineacht leis. Nuair a bhí an caife réidh thóg sé barra seacláide as an gcófra agus shuigh sé ar an tolg. Mhaolaigh boladh an chaife agus blas milis na seacláide an phian ina cheann. Chíor sé na ceisteanna arís agus arís eile, mar sin féin, cé nach raibh sé in ann smaoineamh ar aon fhreagra sásúil. Thuig sé nach raibh de rogha aige ach bualadh le Fat Tony mar a bhí beartaithe. B'fhearr an scéal a insint dó go neamhbhalbh agus Naomh Iúd a ghuí go mbeadh Fat Tony tuisceanach. Bhí súil aige nach raibh Naomh Iúd an-ghnóthach – bheadh sé de dhíth air roimh dheireadh an lae.

Léim sé ar an Luas – bhí an tram ag dul i dtreo Stáisiún Uí Chonghaile – díreach sular dhún na doirse agus shocraigh sé é féin ar shuíochán taobh le fuinneog. Bhí an tram plódaithe, le daoine óga go háirithe. D'fhéach sé ar chuid de na haghaidheanna óga glégheala, na súile ag glioscarnach agus ag dúil go mór le himeachtaí na hoíche. Shamhlaigh sé iad i mbialanna, i bpictiúrlanna, in amharclanna, ag ól i dtithe tábhairne nó ag rince le ceol callánach faoi shoilse ildaite. Bhí sé in éad leo. Ba bhreá leis féin a bheith in ann imeacht leis freisin agus an oíche a chaitheamh go héadrom aerach gan bhuairt gan smaoineamh agus gan bualadh le Fat Tony agus a Scáth scanrúil.

Thuirling Conchúr den Luas ag an stad in aice an chasino. Nuair a d'imigh an Luas chonaic sé gluaisteán Fat Tony in aice leis an doras. Gluaisteán dubh údarásach a bhí ann. Chuir na fuinneoga dorcha déistin ar Chonchúr. Dhruid sé i dtreo an dorais go drogallach. Bhraith sé na doirseoirí ag stánadh air go bagrach agus na soilse ildaite á dhalllú. Shiúil sé eatarthu, a scáthanna siúd ag teacht idir é agus na soilse ar feadh leathbhomaite, agus isteach leis sa chasino. Bhí sé beagnach folamh. Bhí Fat Tony ina shuí ag an mbeár agus an Scáth lena thaobh. Bhraith Conchúr an teannas ina bholg arís. D'oscail sé a bhéal ach d'ardaigh Fat Tony a lámh agus dhún sé go gasta arís é.

'Téanam isteach san oifig,' arsa Fat Tony. 'Beidh

síocháin againn ansin.'

D'fhéach Conchúr timpeall ar an gcasino folamh. Bhí sé ar tí fiafraí cé a bheadh ag cur isteach orthu ach bhí Fat Tony ina sheasamh faoin am sin agus an Scáth ag oscailt dhoras na hoifige. Lean Conchúr iad ach b'fhearr leis a bheith i measc daoine. Thabharfaidís misneach dó.

Oifig bheag dhorcha a bhí ann agus í chomh te le hoigheann. Thosaigh Conchúr ag cur allais ar an bpointe agus bhain sé a chóta de. Thóg an Scáth uaidh é go borb agus chaith sé ar chófra é. Shuigh Fat Tony taobh thiar den bhord agus bhain sé a hata de. Chuir Conchúr an mála ar an mbord agus thug Fat Tony sracfhéachaint air. Níor chosúil go raibh mórán suime aige ann. Shín sé méar fhada chnámhach i dtreo cathaoir ar an taobh eile den bhord. Shuigh Conchúr uirthi ach bhí cos bhacach fúithi agus thit sé siar. Rug an Scáth air sular bhuail sé an t-urlár agus tharraing sé aníos go garbh é. Bhí mearbhall ina cheann ón titim agus bhí a bholg ag casadh tóin thar ceann. Ar éigean a bhí deis aige teacht chuige féin sular thosaigh Fat Tony ag scaoileadh ceisteanna ina threo.

'Cá bhfuil an "stuif"?

'An raibh deacracht ar bith agat?

'Ar stop lucht custaim thú?

'Céard a dúirt tú leo?

'Cén fáth ar scaoil siad saor thú?

'Cén fáth ar tháinig tú anseo?

'An bhfuil siad ag faire ort?

'Ar lean siad anseo thú?

'Ar luaigh tú m'ainm leo?'

D'fhreagair Conchúr na ceisteanna chomh foirfe beacht agus ab fhéidir leis ach bhíodh an dara ceist curtha sula raibh an chéad cheist freagartha aige. Bhí a chuid freagraí ag éirí níos casta agus níos doiléire le himeacht ama.

Faoi dheireadh stop Fat Tony agus d'fhéach sé air gan focal a rá. D'fhéach Conchúr ar ais air go dtí go raibh pianta ina shúile ón síorstánadh agus go raibh air a cheann a chromadh agus a shúile a dhúnadh. Nuair a d'fhéach sé suas arís bhí Fat Tony ina sheasamh agus aghaidh an-chrua air.

'Beidh orm an scéal a fhiosrú, a Chonchúir,' ar

seisean go foighneach tuisceanach, rud a chuir imní an domhain ar Chonchúr.

Ba léir, áfach, go raibh an t-agallamh thart. Sheas Conchúr. Shiúil Fat Tony in éineacht leis go dtí an doras.

'Buailfidh mé leat amárach, a Chonchúir,' ar seisean, 'agus beidh freagraí faighte agam faoin am sin ar roinnt de na ceisteanna.'

Bhí an Scáth ag feitheamh orthu, an doras ar oscailt aige agus miongháire fuar ar a aghaidh. Chonaic Conchúr an Luas ag tarraingt ar an stad taobh leo agus thosaigh sé ag rith ina threo. Mhothaigh sé an teannas ina mhuineál fad a bhí sé ag rith, faitíos air i gcónaí go gcloisfeadh sé scairt ón Scáth á ghlaoch ar ais isteach i líon Fat Tony, áit nach bhfágfadh sé go deo, b'fhéidir. Ach níor chuala sé aon scairt agus bhí sé ag an stad faoin am a stop an Luas. Thit sé isteach i suíochán. Chonaic sé Fat Tony agus an Scáth ag an doras fós, iad sáite i gcomhrá dorcha éigin, a súile dírithe air tríd an bhfuinneog go dtí gur imigh siad as radharc nuair a chas an Luas timpeall an chúinne ag bun na sráide.

# 16

Bhí míle ceist ag Conchúr. An raibh siad ag cur an dallamullóg air, ag ligean orthu nach raibh fearg orthu ionas go bhfanfadh sé timpeall agus nach n-imeodh sé as an gcathair? An mbeidís ina seasamh ag bun na leapa nuair a dhúiseodh sé i lár na hoíche agus ceann capaill ina lámha, b'fhéidir! An ndúiseodh sé as a chodladh go brách? Thosaigh sé ag crith arís. Rinne sé iarracht a chóta a tharraingt timpeall air. Ach ní raibh a chóta air – bhí sé fágtha ina dhiaidh sa chasino! Ba chuma leis faoin gcóta é féin, seanchóta caite a bhí ann agus b'fhearr leis gan bualadh le Fat Tony arís, an oíche sin, ach go háirithe. Ach bhí caoga euro i bpóca a chóta agus rith sé leis go mbeadh an t-airgead sin de dhíth go géar air sula i bhfad. Scaoil sé eascaine as a bhéal gan smaoineamh agus d'fhéach an tseanbhean a bhí ina suí os a chomhair air go feargach. Ghabh sé a leithscéal léi agus mhothaigh sé a leicne ag éirí dearg.

Sheas sé suas. Bhí an tseanbhean fós ag stánadh air. Thuirling sé ag an gcéad stad eile agus thosaigh sé ag siúl ar ais i dtreo an chasino. B'fhéidir go mbeadh Fat Tony imithe nó go bhféadfadh sé fanacht i bhfolach áit éigin go dtí go n-imeodh sé. Shroich sé an cúinne agus d'fhéach sé go cúramach i dtreo an chasino. Bhí an Scáth fós ina sheasamh lasmuigh. Bhí cuma air go raibh sé ag feitheamh ar dhuine éigin. Leis sin chuala Conchúr ceol álainn a d'aithin sé ar an toirt. D'fhéach sé timpeall agus chonaic sé carr dearg, BMW M6, ag teacht síos an tsráid. Níor aithin sé an dath dearg ná an chláruimhir ach d'aithneodh sé nóta ceolmhar an innill sin aon áit. Bhí na huaireanta fada taitneamhacha curtha isteach aige sa gharáiste ar chúl an tí go dtí go mbíodh sé sásta le tiúnáil an innill sin, é ar nós tiúnadóir ag obair ar phianó go dtí go n-aimsíonn sé an nóta ceart. Tháinig áthas air, agus fearg freisin. Bhí sé ar nós bolcán a bheadh ar tí pléascadh.

Stad an gluaisteán os comhair an chasino agus dhruid an Scáth in aice leis. Labhair sé leis an tiománaí ar feadh cúpla nóiméad agus tiomáineadh an gluaisteán isteach sa charrchlós taobh thiar den chasino. Múchadh na soilse.

Shiúil Conchúr síos lána a bhí ar aghaidh an chasino. Sheas sé i mbéal dorais áit a bhféadfadh sé súil ghéar a choinneáil ar a ghluaisteán, agus fanacht as radharc ag an am céanna. Cúpla nóiméad ina dhiaidh sin chuala sé gluaisteán eile ag teacht ó cheann eile na sráide. Tacsaí a bhí ann. Chas sé isteach sa charrchlós agus stad sé béal ar bhéal leis an BMW dearg. D'oscail doras an BMW agus sheas fear amach. D'aithin Conchúr é – Stanley a bhí ann! Mhothaigh sé an fhearg ag éirí ina chroí arís. Chuaigh Stanley go dtí fuinneog an tacsaí agus tugadh mála taistil dó. Ba léir gur mála réasúnta trom a bhí ann ón gcaoi a raibh sé ag iarraidh é a ardú. Chuir sé a lámh ina phóca agus shín sé clúdach litreach ramhar trí fhuinneog an tacsaí. Chas sé ar ais i dtreo an BMW arís agus shuigh sé isteach ann.

Bhí an tacsaí ag imeacht arís faoin am sin agus shleamhnaigh Conchúr amach as dorchadas an dorais féachaint an bhfaigheadh sé sracfhéachaint ar an bpaisinéir. Saothar in aisce! Bhí an tacsaí chomh dubh le pluais agus ní raibh seans ar bith go n-aithneodh Conchúr an paisinéir ina chúl. Ansin bhí an tacsaí ag an gcúinne agus é ar tí imeacht as radharc nuair a tháinig gluaisteán ina choinne agus thit léas solais ar aghaidh an phaisinéara. Níor mhair an solas ach leathshoicind ach d'aithin Conchúr ar an toirt cé a bhí i gcúl an tacsaí. Cáit Uí Laoire a bhí ann, a hata fós ar a ceann agus cuma an aingil uirthi i gcónaí. Chroith Conchúr a cheann ó thaobh go taobh go mall ag iarraidh a shúile a chreidiúint. An tseanbhean bheag mhilis sin, í chomh buartha faoina hiníon agus faoina clann, í chomh cráifeach ag guí agus ag paidreoireacht, ise a bhí ag iompar na ndrugaí! Smaoinigh sé ar an mbealach a mheall sí é, an tslí a shiúil sé léi agus an tslí a choinnigh sí greim air agus iad ag druidim le lucht custaim.

I bhfaiteadh na súl thuig sé cén fáth a raibh seisean ar an eitilt sin agus cén fáth nach raibh aon 'stuif' i bhfolach ina chuid bagáiste siúd. Níor sheol Fat Tony eisean go hAmstardam chun drugaí a iompar abhaile. Mionpháirt a bhí ag Conchúr sa dráma. Níorbh eisean an réalta in aon chor! D'aithin Fat Tony go mbeadh Conchúr faiteach roimh lucht custaim agus go mbeadh na hoifigigh chustaim in amhras faoi. Ghlac sé leis go mbeadh Conchúr neirbhíseach, agus go mbeadh sé ag crith agus ag cur allais. Tharraingeodh sé sin aird lucht custaim ar Chonchúr agus bheadh an tseanbhean ghealgháireach chainteach in ann sleamhnú isteach ar a seanchosa bacacha trí halla an chustaim gan amhras ar bith a tharraingt uirthi féin ná ar an mála mór trom a chabhraigh Conchúr féin léi a ardú ar an tralaí! Agus d'éirigh leis an bplean. Bhí na drugaí ag Fat Tony. Bhí Cáit ar a bealach abhaile le slám mór airgid agus gan tuairim dá laghad ag lucht custaim faoinar tharla. An t-aon duine a bhí thíos leis ná Conchúr. A ghluaisteán goidte agus millte acu, agus a ainm ar ríomhaire gach oifigigh chustaim ó Albain go Yaoundé! Agus bhí siad chun éalú uaidh arís agus gan é in ann rud ar bith a dhéanamh faoi. Bhí sé le ceangal! Mhothaigh sé an fhearg ag éirí ina ucht arís agus dhún sé a dhoirne chomh teann sin gur ghearr a ingne a bhosa.

D'oscail sé a dhoirne go mall. D'ardaigh sé os comhair a shúile iad agus chonaic sé cúpla braon fola ag sileadh dá bhosa i dtreo a rostaí agus ag imeacht as radharc faoi mhuinchille a léine. An lámh dhearg – díoltas. Díoltas a bhí uaidh. Bhainfeadh sé díoltas amach, as a ghluaisteán, as an mbuairt a d'fhulaing sé le deich lá anuas, díoltas as an náire a mhothaigh sé ag an aerfort agus díoltas as ceap magaidh a dhéanamh de. Shíl siad nach raibh tuairim dá laghad aige faoina raibh ar bun acu agus go gcreidfeadh sé a mbréaga lofa gan cheist. Bhí dul amú orthu!

Bhí Stanley fós ina sheasamh sa charrchlós agus é ar tí imeacht arís nuair a d'oscail cúldoras an chasino agus scread an Scáth air, 'Tá Mr. Smith ag iarraidh labhairt leat nóiméad.' Chaith Stanley an mála taistil sa bhút agus chuir sé an gluaisteán faoi ghlas sular shiúil sé go tapa i dtreo an dorais. A luaithe a dhún an doras ina dhiaidh shleamhnaigh

Conchúr amach as dorchadas an dorais agus dhruid sé i dtreo an BMW, é ag iarraidh fanacht faoi cheilt an oiread agus ab fhéidir. Bhí eochair spártha an chairr ceangailte le heochracha an tí i bpóca a threabhsair aige i gcónaí agus sular shroich sé an gluaisteán bhrúigh sé ar an gcnaipe a scaoil an glas ar na doirse. D'oscail sé an doras chomh ciúin agus ab fhéidir leis agus isteach leis go tapa. Mhúscail sé an t-inneall agus amach an geata leis go mall ciúin. Choinnigh sé súil ghéar ar dhoras cúil an chasino sa scáthán ach níor oscail sé. A luaithe a shroich sé an geata lig sé osna faoisimh agus d'imigh sé leis síos an tsráid agus timpeall an chúinne ar ghnáthluas.

Bhí sé ar tinneall go dtí gur shroich sé an mótarbhealach agus gur imigh sé as radharc sa trácht. Bhris tonn faoisimh trína chorp ach thráigh sí ar an bpointe agus thosaigh eagla ag teacht air. Bhí an gluaisteán aige. Bhí na drugaí aige. Ach ní raibh plean aige. Céard a dhéanfadh sé leo? Ní fhéadfadh sé iad a choinneáil. Dá mbéarfadh na Gardaí air agus na drugaí ina sheilbh bheadh sé ina sheanfhear sula scaoilfí amach as an bpríosún é. Dá mbéarfadh Fat Tony air agus na drugaí ina sheilbh ní bheadh sé ina sheanfhear riamh!

Ní fhaca sé aon réiteach ar an bhfadhb ach na drugaí agus an gluaisteán a loscadh. Ghoill an smaoineamh air go mór ach thuig sé nach mbeadh sé slán go deo fad a bheadh an gluaisteán ina sheilbh. Ní fhéadfadh sé í a choinneáil agus ní fhéadfadh sé í a fhágáil ag Fat Tony. Ba chuma cé chomh luachmhar is a bhí na drugaí ní raibh sé chun saol na mílte sa chathair a mhilleadh leis an nimh a bhí sa mhála i mbút an chairr. Bhí neart damáiste déanta ag Fat Tony, agus ag a chairde lofa, cheana féin. Ní raibh Conchúr chun cur leis. Ní raibh sé sách cróga chun dul i ngleic le Fat Tony é féin ná chun cabhrú leis na Gardaí breith air fiú. Ba chuma leis cé chomh grianmhar is a bhí Timbeactú ní fhéadfadh sé an chuid eile dá shaol a chaitheamh ann, agus b'in an t-aon áit ar domhan a mbeadh sé slán ó dhíoltas Fat Tony agus a chairde. Ach níor mhiste leis cic sa tóin a thabhairt dó agus rith ar cosa in airde sula mbeadh deis aige casadh timpeall.

Chas sé ón mótarbhealach agus lean sé ar aghaidh go dtí gur tháinig sé ar mhonarcha a raibh clós mórthimpeall uirthi. Thiomáin sé isteach sa chlós agus timpeall an chúinne taobh thiar den mhonarcha. Nuair a bhí sé as radharc stop sé agus mhúch sé an t-inneall. D'oscail sé an bút agus thóg sé amach an mála. Tharraing sé an tsip agus stán sé ar na málaí beaga bána a bhí pacáilte go néata taobh istigh. Chas sé an mála bunoscionn agus thit siad ar fud an tsuíocháin chúil. Chuardaigh sé sa bhút arís agus tháinig sé ar an mbíomal rotha. Bhí bior sách géar air. Luigh sé faoin ngluaisteán agus sháigh sé an bior aníos isteach sa tanc peitril. Rith sruthán peitril faoin ngluaisteán agus síos le fána ar an taobh eile. Sheas Conchúr suas ar an toirt agus sula raibh seans aige a intinn a athrú las sé cipín solais agus chaith sé sa sruthán peitril é. Scinn an lasair faoin ngluaisteán ar nós splanc thintrí agus rith Conchúr leis ar cosa in airde. Réab an phléasc an t-aer agus caitheadh go talamh é. Bhí sé bodhar ar feadh píosa agus shuigh sé ansin ar an talamh fuar, feadaíl ina chluasa agus na deora ag sileadh óna shúile.

Bhí an BMW ag dó go fíochmhar, na spréacha ag eitilt trí dhorchadas na hoíche ar nós tinte ealaíne Oíche Shamhna. Shuigh sé ansin ar a thóin go dtí gur ísligh na lasracha agus gur thosaigh deatach tiubh dorcha ag sileadh amach as na fuinneoga scoilte. Sheas sé ansin agus dhruid sé i dtreo an ghluaisteáin. Ní aithneofaí cén dath a bhí air. Bhí na boinn imithe agus sreanga lúbtha casta timpeall na rothaí. Bhí creatlaigh mhiotail na suíochán fós le feiceáil tríd an deatach ceomhar a bhí ag sileadh as i gcónaí. Ní raibh tásc ná tuairisc ar an mála ná ar an bpúdar bán nimhiúil a chaith Fat Tony an oiread sin ama, allais agus airgid á thabhairt isteach. D'fhág sé an gluaisteán ina dhaidh agus thosaigh sé ag siúl i dtreo na cathrach.

Leath miongháire beag trasna a aghaidh. Bheadh pócaí folmha ag Fat Tony go ceann tamaillín, pé scéal é. B'fhéidir go mba cheart do Chonchúr iasacht a thairiscint dó nuair a gheobhadh sé a sheic ón gcomhlacht árachais. Smaoineamh!